偏偏動心

目錄

序　作者說在故事開始之前

在故事開始之前，作者先雞婆來個小提示。

雖然《偏偏動心》是根據「喚夢遊戲」研發製作的手機遊戲《最強偶像計畫—銀色戀曲》劇本改編而來的小說，但實際上主要沿用了遊戲中的背景和角色設定，大部分的劇情是原創的，所以想玩遊戲的人，不用怕被劇透。

遊戲有遊戲的精采，小說有小說的醍醐味，各有各的亮點。先看小說的人，看完小說可以去下載遊戲來玩，好多個帥哥在向你（妳）招手呢！

不過，為了劇情需要，遊戲中有兩個角色的「關係」，小說裡會寫到，所以會「捏」到諸君的，應該就只有這一點，只能請大家多多包涵囉！

再來說說書名。

當初對於書名並不算掙扎太久，確立男女主角的互動關係之後，腦海中很快就浮現了幾個書名。丟給編輯看，編輯看完，覺得都還行，讓我自己決定就好。

然後睡了一覺起來，對著螢幕發呆，突然看到其中一個書名像是在向我招手，於是當下就決定是它了，可是確定下來後，一直覺得這個書名怪怪的，也不是不好，而是念起來很耳熟。

隔了幾天，突然看到手機裡的某個APP，立刻就頓悟了，《偏偏動心》念起來可不就是跟這個APP的發音很像嗎？上粉專一提，有個小夥伴迅速反應過來，就是〇〇〇〇（為免置入行銷，自動消音）嘛！

不知道大家是否有過這樣的經驗呢？明明覺得某人很〇〇XX，可偏偏在不知不覺中對他（她）動了心。

誠心希望《偏偏動心》能讓諸位看得開心看得甜蜜，看得煩惱一掃而空。

至於更多的幕後，就留待後記再聽作者瞎扯淡吧（笑）！

Episode 01

她與他的宿命邂逅

夏至剛過，莘莘學子的暑假隨之拉開帷幕。

這天的週末清晨，麻雀三三兩兩迎著曙光停駐在街道旁的電線桿上，清脆的啁啾聲喚醒了尚在沉睡中的人們。雙線車道兩側的商店還未開張，馬路上已有車輛陸續呼嘯而過，宣告著一天的開始。

在婉轉的鳥鳴聲中，有個穠纖合度的窈窕身影背著晨曦由遠及近緩緩跑來。直到跑近了才能看清來的人是一名穿著短袖湖藍色雪紡連身褲裝，足蹬銀色低跟露趾涼鞋，年紀約十七八歲的中長髮少女。

少女的臉蛋只有巴掌大小，秀眉如新月，眼睛黑白分明，目光流盼似澄淨的水波，細膩白皙的臉頰因為小跑的緣故，正泛著薄薄的紅暈，看起來極為明豔動人。

又跑了一小段路，傅雪盈才停下腳步，扶著旁邊的電線桿微微喘氣。

等到喘勻呼吸，她才抬起手腕看錶，確認距離百貨公司前的彩虹廣場所舉辦的露天音樂會開始的時間還很充裕，這才稍微放下心來。

深吸了一口氣，正想從容地漫步而去，忽然聽到正前方的巷子裡傳來微弱的貓叫聲。

那聲音像是痛苦的呻吟。

傅雪盈愣了愣，連忙循聲快步走了過去。

巷子不長，是條死巷。

盡頭有個人蹲著身子，不知道在擺弄什麼，身下斷斷續續有小貓咪咪的叫喚聲。

傅雪盈陡然大怒，聲音拔高地質問道：「你在做什麼？」說完，大踏步上前，果然看到對方一手掐著隻短毛小灰貓的後頸，一手捏著牠的下顎迫使牠張嘴，對方修長的食指則在牠嘴裡不時摳動著。

瘦弱的小灰貓奮力掙扎，爪子在虛空中亂揮，地上甚至有一灘牠的嘔吐物。

「放開牠！」傅雪盈氣憤地威脅道：「你再不住手，我就報警，告你虐待小動物！」

對方對傅雪盈的話恍若未聞，依舊繼續「虐待」著小灰貓。

小灰貓的動作越來越小，叫聲也越來越虛，處境堪憐。

傅雪盈心疼壞了，不顧自身安危，伸手就朝對方的肩膀抓去。

對方似是有所感應，在她觸碰到他之前，身體歪了歪，避開了她的手，同時順勢放開了對小灰貓的箝制。重獲自由的小灰貓，前一刻還虛弱得萎靡不振，下一秒就像沒事般的迅速沿著巷子邊緣竄了出去，轉眼就不見了蹤影。

傅雪盈張了張嘴，一時間說不出話來。

對方從地上站起身，從褲子的口袋裡掏出衛生紙，低頭慢慢擦著剛才沾黏上的小灰貓的唾液和嘔吐的穢物。他的眉頭皺得很緊，抿著薄唇，眼底有幾許不耐煩的嫌惡之色，只是掩在鴨舌帽平沿下方的陰影中，旁人無從發現。

待他直起身體，傅雪盈這才注意到對方是個身材頎長，約二十四五歲的年輕男子。

年輕男子大半的臉被戴得低低的鴨舌帽遮擋著，又是在略微幽暗的巷弄中，所以只有微薄的嘴唇和剛毅的下巴能看得分明。可即使如此，傅雪盈還是能隱隱約約感受到他渾身散發的冷氣——拒人於千里之外的冰冷氣息。

傅雪盈嚥了一下口水，有些局促地勸誡道：「動物跟人類一樣，都有生存的權利，恃強凌弱是不對的，以大欺小更是不道德的，你、你不可以這樣做，以後……

以後絕對不可以再犯了……」

她越說頭越低，越說聲音越小，明明應該是要義正辭嚴地指謫對方，結果卻在對方冷漠迫人的氣勢下心裡發虛。做錯事的是他，低頭的人為什麼變成了她？

傅雪盈握了握拳，她們市立女高童軍社的宗旨之一是，要時時秉持著「誠信仁愛，勇敢助人」的使命感與榮譽心，為弱小發聲，因此她不該屈從強權。

想到這裡，她挺起腰桿，昂起下巴，目光凜然地直視年輕男子。

誰知年輕男子只是輕輕「嗤」了一聲，似乎是覺得她的言詞很幼稚，連一記眼角餘光都懶怠施捨給她。

傅雪盈張嘴想再說什麼，卻又不知要說什麼。

小灰貓已經不在「案發現場」，她想聯合苦主反擊都找不到對象，即使抓到了施暴的「現行犯」，也拿不到苦主的「證詞」好伸張正義。這麼一來，倒顯得她這個路見不平而仗義執言的人多管閒事了。

傅雪盈抿了抿唇，剛才的「日行一善」讓她頗為憋屈而不甘。

驀地，靈光一閃，她的臉龐再次明亮起來，不顧年輕男子的不悅，猛然抓著他的手臂，熱情地道：「等一下我要去參加彩虹廣場的音樂會，那是動物保護協會主辦的愛心募款活動，特別邀請了項海嵐現場彈奏鋼琴。」

傅雪盈沒發現年輕男子在聽到「項海嵐」三個字時僵硬了一下，仍舊興奮地說道：「你知道項海嵐吧？他是年初剛出道的音樂神童，今年才十六歲，是台灣第一位在波蘭的蕭邦國際鋼琴大賽中拿下冠軍的人，聽說他還是聯合國兒童基金會的親善大使，經常參加世界各地的慈善音樂活動。」

她越說越激動，眼睛閃爍著寶石般晶亮的光芒。

「三個月前，我們學校的童軍社去喜憨兒基金會辦的春季義賣園遊會幫忙，項海嵐當時就無酬出席演出。他的琴聲既溫柔又優雅，很能療癒心情，而且他不像其他的明星那樣驕傲、目中無人，私下對人非常和善親切，他還對我微笑了。」

其實項海嵐是對所有的工作人員微笑，自然包括她在內。

不過，這不是重點，重點是，那位纖細白淨的美少年，他那猶如天使般的微笑自此烙印在她的心中，讓她始終無法忘懷。而他所演湊的鋼琴曲，悠揚的旋律及如水晶似的琴聲更在她的心湖上蕩漾起了圈圈漣漪，令她每每回想起來，就覺得心癢難耐。

「你跟我去彩虹廣場吧！」傅雪盈話鋒一轉，表情突然變得嚴肅，「音樂可以陶冶人的性情，抒發憂愁，多聽沒有壞處。」說不定還能順便治療你那愛欺負弱小的劣根性！

年輕男子甩開傅雪盈抓著他的手，周身的氣息在傅雪盈傾訴著項海嵐的各種美好時越發冷冽，虛掩在鴨舌帽下方的眼神也越發陰沉。

傅雪盈見年輕男子始終不發一語，忍不住踮起腳尖，湊到他壓低的鴨舌帽下，眨著無辜的大眼睛問道：「你該不會是不知道項海嵐這樣的名人，而正在為自己的孤陋寡聞感到不好意思吧？」

年輕男子被陡然湊近的俏麗容顏嚇了一跳，下意識往後退了一步。

記憶中的某個身影在腦海中一閃而逝，讓他不由自主打量了傅雪盈幾眼。

傅雪盈則是呆住了。

她沒想到隱藏在鴨舌帽下的竟是一張極為俊美的臉龐。

雖然他的眼眸很冷淡，卻無損他的俊俏半分，反而為他清冷的氣質平添了幾分高貴。

而且，她覺得他有些面熟。

在年輕男子打量她的同時，她也狐疑地瞄了他好幾眼，然後恍然大悟地拍了一下手，叫道：「對了，你長得跟項海嵐有點像！」

年輕男子聽到這句話，表情瞬間陰冷。

傅雪盈縮了縮脖子，訥訥地解釋道：「我是說，你的下巴跟他的下巴有點像啦！」說著，又瞄了他的耳朵一眼，不怕死地追加一句：「耳垂的形狀也有點像……」

所謂的陰風陣陣，說的大概就是此情此景。

然而，傅雪盈卻無法逃跑，她還等著響應動保協會的活動，等著把這個心理陰暗的年輕男子拖去接受天使的琴聲洗禮。

所以說，童軍精神什麼的，比少年維特的煩惱還更讓人煩惱。

就在這時，一陣輕快的音樂鈴聲響起。

年輕男子掏出手機，瞥了眼來電顯示，慢條斯理地接起。

「……」連個招呼語都沒有，他沉默地聆聽對方說了一陣後，才淡淡地應道：「嗯，處理完了……彩虹廣場？……不去！」

傅雪盈在聽到年輕男子略帶磁性的好聽嗓音提到「彩虹廣場」四個字時，耳朵立刻豎得比驢耳朵還高，不料他隨即二話不說地拒絕，還乾脆俐落地掛斷電話。

收起手機，年輕男子一抬頭，再次看見傅雪盈那張放大五百倍的臉近在眼前。

「你朋友正在彩虹廣場等你對嗎？」傅雪盈笑咪咪地說道：「真巧，我也要去那裡，我們一起走吧，我可以陪你聊天，這樣你就不會無聊了。」

面對傅雪盈那自來熟的厚臉皮，年輕男子頗為無語。

「妳是誰？我認識妳嗎？」

我是代替月亮懲罰……呃，糾正你劣根性的正義使者！

不過，她只敢在心裡腹誹，當然不能這麼說。

傅雪盈正了正神色，故作正經地道：「這點小事就不要計較了。不是有句話說，四海之內皆朋友嗎？我們在茫茫人海之中相遇，就表示我們有緣。這種緣分是很難能可貴的，應該要好好珍惜……對了，我叫做傅雪盈。太傅的傅，白雪的雪，輕盈的盈。你叫什麼名字？」

「……」

梁宇翔瞥了一下傅雪盈，逕自朝巷子外走去。

傅雪盈連忙跟上去，原本想再說幾句勸告的話，卻發現對方走的方向正是朝著彩虹廣場而去，於是她又閉上嘴巴。

得了便宜還賣乖是會遭雷劈的！

覺得自己做了一件好事的傅雪盈，在心裡為自己點了一個讚，接著笑嘻嘻地跟在梁宇翔旁邊走。走了一段路後，自帶話嘮屬性的她，忍不住問道：「那啥……我們兩人現在應該算是朋友了吧？」

梁宇翔涼涼地斜睨傅雪盈一眼，沒有吭聲，維持他一貫的高冷。

「其實我還是覺得你很面熟。」

聽到傅雪盈又要老調重彈，梁宇翔的臉色冷了下來。

傅雪盈發現苗頭不對，趕緊改口：「你長得那麼帥，不當明星太暴殄天物了！」

聞言，梁宇翔正要多雲轉晴的表情，在聽到傅雪盈的下一句話後，立刻雷電交加。

「項海嵐長得很漂亮，可你也不差。雖然你不可能達到他的高度，也沒有他的知名度，但你的臉還是很吃香的，至少可以騙到很多無知的少女。」

梁宇翔陰沉沉地瞪著傅雪盈這個兀自嘰嘰喳喳的無知少女。

她可真是懂得如何激怒他！

他不介意她不知道他的高度和知名度，但是聽著她那似褒實貶的話，如果他還能保持風度，那他不是聖人就是賤人了，可惜他是正常的地球人，所以不可能給她好臉色看。

事實上，話一出口，傅雪盈自己也懊惱了。

她們童軍社的老師常說她嘴巴動得比腦子快，總有一天會吃虧，眼下不就是了？

傅雪盈耷拉著腦袋，對著手指，小小聲地說：「人家只是想說你長得好看……」

梁宇翔冷冷地「哼」了一聲。

管他長得好不好看，他只想給這個不知打哪兒冒出來的小笨蛋好看！

接下來的路程，梁宇翔始終冷著臉不說話，傅雪盈戰戰兢兢地賠小心，怎麼也想不明白自己這個見義勇為的「正義使者」為什麼會當得如此窩囊，似乎在這名年輕男子的面前，她只有理虧陪笑的份。

她沒欠他錢吧？

在傅雪盈的腹誹中，兩人走了一條街，轉了兩個彎，很快就來到位於大型百貨公司前面占地近百坪的彩虹廣場。雖然時間尚早，百貨公司也還沒開始營業，但廣場上此刻已經聚集了不少來參加音樂會的人。

廣場上有個噴泉池，每天噴泉會固定噴發三次，幸運的過客有機會看到水滴折射陽光所形成的彩虹，彩虹廣場的名字由此而得之。

廣場是露天開放式的，愛心募款音樂會又是動保協會主辦的，於是真的有人把家裡的寵物帶來圍觀。那歡快地在廣場上奔跑的小貓小狗，讓傅雪盈想起了剛才被某人「虐待」的苦主，她不由自主朝身邊的年輕男子投去飽含怨念的視線。

梁宇翔敏銳地察覺到來自某個小笨蛋的無言控訴目光，當下又哼了一聲。

傅雪盈極為無奈，上天沒有降大任給她，卻派這個男人來苦她心志，勞她筋骨，磨練她尚未點亮的「勸人為善」的技能。

看來這個糾正某人劣根性的重責大任只能交給天使了。

傅雪盈扯了扯梁宇翔的袖子。

梁宇翔沒好氣地道：「幹麼？」

傅雪盈指著廣場中央已經搭起的舞臺前方那一排排的椅子，說道：「我們去那裡坐，那裡才看得清楚。我看了動保協會的官網，上面寫說項海嵐是第一個表演的藝人，距離開場只剩十分鐘，我們趕快去占位置吧！」

「誰說我是來看表演的？」

「那你來做什麼？」

梁宇翔斜眼看著傅雪盈，那眼神明明白白寫著「妳說呢」。

傅雪盈摸摸頭髮上別著的星形髮夾，訕訕地說：「你朋友可能已經在場中了，我們去前面坐著，他比較方便找到你嘛！」

「誰說我是來找人的？」

傅雪盈愣住，剛才她明明聽到他朋友在電話裡要他來彩虹廣場。

梁宇翔不再搭理傅雪盈，而是遠遠看著工作人員在舞臺兩側忙碌地來來去去，眼神平靜得沒有半點波瀾，不知道在想些什麼。

傅雪盈嘆氣。

你這麼傲嬌，你媽知道嗎？

傅雪盈不好意思把對方丟下，只好陪著罰站，視線也往舞臺邊亂掃射。

就那麼一會兒，眼尖的她很快就捕捉到天使的身影，結果她一時激動，忍不住拚命拍著身邊人的手臂，興奮地道：「喂喂喂，快看，項海嵐出來了……你看，他笑起來是不是很溫柔很可愛，簡直就像天使一樣！」

梁宇翔運了運氣，壓下把傅雪盈拍成天使的衝動，往旁邊挪移一步，避開她的拍打。

他漠然遠眺著幾個人殷勤地圍繞著一名掛著淺笑的美少年打轉，其中有位身穿酒紅套裝的貴氣婦人與美少年的互動更是親暱，顯而易見是美少年親近的長輩。片刻，又有一個戴著眼鏡，穿著灰藍色西裝的年輕男人加入交談。

眼鏡男拿著黑色的小平板電腦一邊在螢幕上滑動，一邊像是在跟美少年確認什麼事，態度一絲不苟，表情既嚴肅又正經。

傅雪盈語氣堅定地道：「那個人一定是項海嵐的經紀人。沒想到他的經紀人那麼年輕，而且還是傳說中『話少面癱表情屌，眉目犀利刻骨刀』的禁慾系帥哥。唉，這就是所謂的物以類聚嗎？美少年和帥哥的組合，簡直是太逆天了！」

傅雪盈捧著腮幫子，煞有介事地感嘆著。

梁宇翔滿腔的陰鷙被傅雪盈那花痴般的腦殘發言打得七零八落，他猶如看神經病般的看了傅雪盈好幾眼，彷彿在確認她是不是在說笑。

然而，傅雪盈顯然是認真的，她接著轉向梁宇翔，正經八百地重複先前說過的話：「你不當明星真是太暴殄天物了。雖然你不像項海嵐那樣人美心也美，但就算你心理陰暗了些，性格扭曲了些，還愛欺負小動物，也不妨礙你用臉騙人。你看嘛，那個禁慾系的帥哥不當明星反而去當經紀人，這不是浪費嗎？」

有句話說：「把脾氣拿出來，那叫本能；把脾氣壓下去，那叫本事。」

梁宇翔現在很慶幸自己有這本事，而且還這本事修練得爐火純青，否則傅雪盈這個小丫頭早就被他拍回娘胎裡去了。

他現在確實是靠臉吃飯，可是被人這樣直白地當面打臉還不反擊，他覺得自己不是離聖人的境界又近了一步，就是往賤人的世界又跨了一步。而他既不想當聖人，也不想當賤人，所以只是瞥了傅雪盈一眼，就頭也不回地大步離開。

傅雪盈愣了愣，沒想到這人變臉比翻書還快，說走就走。

天使都已經在舞臺上的鋼琴前坐定，重頭戲還沒開始，需要接受洗禮的人就跑了。

傅雪盈凝視著那個戴鴨舌帽的年輕男子沒入人群中的背影，發了一會兒呆，莫名有種空落落的感覺。所幸舞臺上響起的琴聲拉回了她的注意力，讓她很快將心底不自然的失落感拋諸腦後，全副身心浸淫在美妙的樂音當中。

廣場中的幾排長椅已經坐滿了聽眾，她便站在原地聆聽觀看。

天使一連彈奏了三首蕭邦的夜曲，如歌的音符漾盪著輕淺的愁思，反覆吟詠的主旋律層層堆疊細膩的修飾。觀眾們聽得如痴如醉，連幾隻圍著噴泉嘻鬧的貓狗也慢慢安靜地伏下身來。

由始至終，項海嵐只是優雅地微笑，優雅地彈奏，完全沒有接受主持人的訪問，等到表演結束後，更是優雅地對臺下的人們鞠躬，就從容地在滿場熱烈的掌聲之中轉身下了舞臺。

傅雪盈覺得自己做了一場很美很美的夢，讓她不願從夢中醒來。

可惜世上不識相的人很多，有個蓄著小鬍子戴著墨鏡的中年男子笑咪咪地湊到傅雪盈身邊，壓低聲音對她問道：「小姐，妳想當明星嗎？」

他注意傅雪盈大半天了，她那清新的氣質、俏麗的外型，怎麼看都有成為藝人的潛質。

傅雪盈乍聽這話，直覺反應是，她遇到詐騙集團了。

腦海中迅速閃過電視上報導的有著明星夢的少女們被拐騙而誤入火坑的各種社會新聞，不由得垮下臉，防備地看著笑得像大野狼的小鬍子。

小鬍子對這種反應司空見慣了，幹他這行面對冷臉是常態。如果對方聽了他的邀請就立刻熱情地貼上來，他反而才該退避。當下，他掏出名片遞出去，不卑不亢地自我介紹道：「敝姓陳，是『星銳娛樂』的星探，從事這行已經二十年。」說著，又報了幾個他曾經挖掘出道的知名藝人，確實都是耳熟能詳的。

傅雪盈狐疑地覷了小鬍子一眼，看著名片上印著的「星銳娛樂有限公司」及「Kevin Chen」幾個大字。名片設計得頗雅致，公司的logo也常在電視上看到，頗是像模像樣。

星銳娛樂是台灣規模最大的製作和經紀公司，二十多年來捧紅了不少紅遍華人影視圈的偶像明星，有「亞洲造星工廠」的稱譽。近幾年來業務範圍不斷擴大，附屬子公司頻頻跨領域與其他產業合作，觸角甚至延伸至電影、電視及ACG等動漫遊戲業，在演藝圈具有舉足輕重的地位。

傅雪盈平時只關注藝人，對於演藝圈的分布版圖並不了解，也不清楚星銳娛樂的分量和影響力，但她知道簽下項海嵐的經紀公司就是星銳娛樂，也因此才知曉原來許多紅透半邊天的偶像都是出自於這個藝能集團。

小鬍子星探看出了傅雪盈的猶豫，卻不著急，逕自笑著問道：「妳是項海嵐的粉絲吧？只要加入星銳娛樂，就有機會接近項海嵐喔！」

傅雪盈不像其他少女那樣對演藝圈有著莫大的憧憬，目前即將升高三的她，對未來尚未想得太深遠，對演藝圈也僅是抱持著不置可否的心態，既不熱絡，也沒有歧見，如今忽然有條路出現在她眼前，讓她有機會走到嚮往的那個人身邊，她忍不住動搖了。

小鬍子星探掐準了傅雪盈的命脈，繼續誘哄道：「星銳去年才簽下項海嵐，目前他跟公司其他人都還不熟，如果妳想近水樓臺先得月……嘖嘖嘖，這就要看妳有沒有這個能耐殺出重圍了。他現在可是炙手可熱，想親近他的人多如牛毛……」

傅雪盈陡然熱血上湧，毅然地雙手握拳道：「好，我要當明星，我們什麼時候簽約？」

小鬍子星探噎了一下。

這……也太容易煽動了吧？看來這個小女生是項海嵐的腦殘粉！

不過，只憑著對偶像的熱愛，想在廝殺激烈的星河裡存活下來可沒那麼容易。他很看好這個小女生的外在條件，但光靠外表是吃不了這行飯的。在醫美技術發達的現在，要整出一張絕色姿容太簡單了。

小鬍子星探咳了兩聲，解釋道：「素人要進入星銳，除了少數特例之外，只能參加星銳舉辦的選秀比賽。贏得比賽就能成為星銳旗下的訓練生，通過公司的培訓，達到公司的要求，就有機會出道。」

傅雪盈張了張嘴，她以為只要被星探挖掘，就能直接出道成為明星，電視和報章雜誌上的娛樂新聞不都是這麼說的嗎？原來新聞報導省略了中間的過程，真是太不負責任了！

憤憤不平之餘，傅雪盈不由自主問出了個傻問題：「那項海嵐呢？他也接受過培訓，做過訓練生嗎？」

小鬍子星探忽然沒了聲音，項海嵐能拿來類比嗎？光憑他那頂蕭邦國際鋼琴大賽冠軍的桂冠，就足以砸死成千上萬的素人了。

讓項海嵐當訓練生？那畫面太銷魂，估計連星銳的董事長都不敢看！

小鬍子星探意味深長地瞥了傅雪盈一眼。

意識到自己犯蠢的傅雪盈，訕訕地轉移話題道：「難道就沒有不當訓練生就出道的嗎？」

「當然有，不過不多。」

小鬍子星探最先想到的是，未經公司正規培訓就出道，被內部其他同仁戲稱為「星銳印鈔機」的偶像天王梁宇翔。

梁宇翔十七歲被發掘，第二年就憑著精湛的演技拿下金馬獎最佳男主角獎，同時還能歌善舞，五年前以一副好歌喉獲得金曲獎最佳男歌手獎。如此卓越的戰績，不能說是後無來者，但至少到目前為止，綜觀亞洲娛樂圈年輕一代的偶像，確實是少有人能與之匹敵。

倒是自從項海嵐加入星銳之後，就有風言風語傳出，說是梁宇翔將項海嵐視為勁敵，畢竟項海嵐既年輕又有才華，是眼下星銳新生代藝人中最具有威脅性的。

這謠言的可信度極高，據說梁宇翔極不待見項海嵐，從不與他同臺，即使遇見，梁宇翔也對他視若無睹，不得已需要寒暄時，也是沒好聲氣，反而是項海嵐禮貌有加，總是主動拿熱臉去貼梁宇翔的冷屁股。

項海嵐若不是胸有成竹，梁宇翔若不是備感威脅，兩人怎會有如此怪異的互動？

傅雪盈見小鬍子星探摸著下巴沉思，忍不住打岔問道：「那如果我想當星銳的藝人，應該要怎麼做？」

小鬍子星探回過神，細心地解釋道：「星銳去年開始籌備一個大型的藝能選秀企畫，叫做『Super Idol Project』，中文名稱是『最強偶像計畫』。SIP旨在挖掘具有明星潛質的素人，然後通過星銳的新人養成訓練，培養出新一代的超級偶像。本來素人要先投履歷，經過筆試、面試的審核，才能參加SIP第一階段的淘汰賽。不過，若是有我推薦，就能省去筆試和面試的關卡，直接進入比賽。」

傅雪盈眨了眨水靈靈的大眼睛，問道：「比賽的內容是什麼？」

「妳去了就知道。」

「什麼時候比賽？」

「這個嘛……我看看。」小鬍子星探掏出手機，在螢幕上滑了幾下，「哦，找到了……啊，妳太幸運了，今天是比賽第一天，早上九點集合，十點半淘汰賽正式開始。也就是說，比賽開始的時間距離現在還有……二十五分鐘。」

傅雪盈：「……」她可以拿肉包子打人嗎？

「還有更幸運的事喔，第一場淘汰賽的場地就在……」小鬍子星探說著，往不遠處的一棟辦公大樓指去，「看沒到，那棟白色大樓的十二樓窗臺外有懸掛紅色的布條，布條上有『Super Idol Project』的字樣，那裡就是比賽場地。看，這簡直就是為妳量身訂做的企畫，妳不當偶像就太暴殄天物了！」

傅雪盈：「……」她錯了，肉包子是拿來打狗的，對付這個小鬍子，一隻拖鞋就夠了！

「我現在就打電話過去幫妳掛個號。」小鬍子星探沒問傅雪盈的意願，拿起手機就撥號，電話很快就通了，「喂，我是Kevin……啊？哪個Kevin？全演藝圈無人不知無人不曉的王牌星探Kevin你都不知道，你是不是走後門進來的啊？……什麼？我不是老闆，沒資格指責你？呸！我本來就不是老闆，我是全演藝圈無人不知無人不曉的王牌星探……」

傅雪盈抿著嘴唇，抱著手臂，腳尖開始打起了拍子。

小鬍子星探鬼打牆了好一會兒，終於切入正題：「……對，我是要推薦一個新人參加今天的ＳＩＰ淘汰賽……什麼？報名已經截止，來不及了？呸！你竟敢拒絕我這個全演藝圈無人不知無人不曉的王牌星探推薦的人，錯過一個可以改變星銳、改變演藝圈的新星，你負得起這個責任嗎？你對得起我們星銳偉大的董事長對得起你家祖宗十八代對得起全人類嗎？……啊？保證？保證什麼？我這個全演藝圈無人不知無人不曉的王牌星探推薦的人，還需要什麼保證？……保證她會紅？他娘的，保證個屁，她當然會紅！她不只會唱歌會跳舞，演技更是嚇嚇叫，你說會不會紅？」

傅雪盈停下打拍子的腳，驚得瞪大了眼睛。

她什麼時候會唱歌會跳舞，演技還嚇嚇叫了？

農曆七月還沒到，別隨便出來嚇人呀！

「……呼，早答應不就結了，幹麼浪費大家的時間？」小鬍子星探費了一番功夫，終於說服對方，「我這個全演藝圈無人不知無人不曉的王牌星探看上的人，能有錯嗎？我對她沒有一定的了解，我敢推薦嗎？你也太小看人了！……嗯嗯，對，是女生……名字？她叫……」說著，轉頭問道：「妳叫什麼名字？」

傅雪盈：「……」她真的不是遇到詐騙集團嗎？這麼不可靠的人，真的是星銳的星探嗎？

傅雪盈深吸了一口氣，答道：「傅雪盈。太傅的傅，白雪的雪，輕盈的盈。」

「她叫傅雪盈。太傅的傅，白雪的雪，輕盈的盈。」小鬍子星探自豪地對手機那頭說道：「看吧，這麼好聽的名字，不紅還有天理嗎？」

傅雪盈：「……」

等到小鬍子星探掛斷手機，抬起頭又是那副笑咪咪的大野狼模樣。

「好了，搞定！我就說只要我出馬，絕對是馬到成功！」

「……」真敢說啊！

「對了，我剛才幫妳爭取到了特別福利。」小鬍子星探笑得一臉淫蕩……不對，是笑得一臉燦爛，還得意洋洋地伸出一根食指在傅雪盈面前晃啊晃，「天字第一號！妳的號碼是第一號，保證比其他參賽者能更早讓評審留下好印象。唉，我真是好人啊！」

傅雪盈聞言大驚。

扣掉小鬍子星探剛才鬼打牆的五分鐘，她必須在僅剩的二十分鐘內趕到比賽現場，而且她還是一號。換言之，她完全沒有準備的時間。

小鬍子星探一隻手插腰，另一隻手高舉，指著遠方那棟灰色的大樓道：「丫頭，向著夕陽奔跑吧！拿出妳的衝勁和勇氣，光明燦爛的未來和項海嵐都在那裡等著妳！」

傅雪盈咬牙，撩起裙子……哦，她今天穿的是褲子。她撩起褲子，抬起腳踹……不對，時間來不及，沒時間踹人。她撩起褲子，抬起腳就朝斜前方的大樓狂奔而去。

小鬍子星探在後面大叫：「丫頭，可別遲到呀！星銳最痛恨遲到的人，遲到就喪失資格了！萬一妳遲到，千萬別說妳是我推薦的喔！」

傅雪盈踉蹌了一下，咬著牙根繼續往前跑。

此時此刻，她那端了十七年的淑女風範，她那秉持多年的童軍精神，她那人飢己飢人溺己溺的使命感和榮譽心，全都壓抑不了她那滿肚子奔騰的草泥馬了。

一隻拖鞋哪裡夠？

她就該把那個全演藝圈無人不知無人不曉的公害推出去槍斃五百年，以免他又到處去禍害其他善良無辜的少女。

可惜現在不是計較的時候。

傅雪盈一邊撥開人群一邊埋頭狂跑，朝著近在眼前，跑起來卻異常遙遠的目的地。

她不知道自己為什麼要這麼拚命，她確實很欣賞也很崇拜比自己小一歲但站在舞臺上便像散發著強烈光芒的項海嵐，可是在此之前也僅止於默默支持，從未想過要藉著進演藝圈的機會親近他。

即便現在有條路鋪在她面前，即便她現在在這條路上狂奔，不知為何，心底深處仍是有些許的遲疑和迷茫。明明項海嵐就像肥美的大骨頭吊在她前方，她反而卻步了。

傅雪盈搖搖頭，甩掉突如其來的思潮，總之，這些問題等比賽結束之後再煩惱，說不定她馬上就會因為遲到而失去資格，到時就當誤會一場，什麼也不用想了。

不過，一想到可能會遲到，傅雪盈猛然又加快了奔跑的腳步。

無論是不是想要當偶像明星，身為童軍的一員，遲到這種不守規範的事是絕對不允許的。

不幸的是，她一跨進大樓，就看見僅有的四部電梯前面都圍滿了人。

今天不是應該悶頭睡懶覺的週末嗎？哪來這麼多熱愛早起的鳥兒？

傅雪盈低頭看了看錶，只剩下十分鐘。

她急得左右張望，想找有沒有電扶梯之類的，卻眼尖地發現角落有一部電梯前竟然沒人排隊，只有某個背影有些熟悉的人正按開電梯的門，準備踏進去。

傅雪盈顧不得許多，一個箭步滑了過去，接著像隻小兔子般竄進電梯裡，完全沒發現這部電梯上面有寫著「ＶＩＰ」的字樣。

電梯裡的人被如一陣風般吹進來的人驚了一下，等到看清楚對方的長相後，便微微皺起了眉頭。

傅雪盈則是滿臉錯愕，這人不正是先前那位虐待小貓，心理有些陰暗，性格有些扭曲，可能有著反社會人格，但長得非常俊美的年輕男子嗎？

她眨了眨眼，又眨了眨眼，眼珠子骨碌碌轉了轉，表情變了幾變，然後下定決心似的，揚起大大的甜美笑容，熱絡地寒暄道：「人生何處不相逢，我們真是有緣呢！等一下要不要一起吃個飯？你看起來很需要跟人聊聊人生。」

梁宇翔：「……」

傅雪盈見梁宇翔仍是那副酷樣，自來熟地說道：「你剛才怎麼先走了呢？早知道你也要來這裡……」說到一半，猛地住嘴，接著焦急地道：「不對不對，現在不是閒扯淡的時候，我趕時間……快，十二樓，按十二樓，我快遲到了！」

她的話音一落，卻看到樓層面板上「12」的數字早已亮起，不禁詫異地問道：「你也要去十二樓？」說著，眼睛一亮，興奮地道：「難道你也是要去參加星銳的SIP選秀比賽？」

聽到「星銳」二字，梁宇翔眼睛陡然微瞇。

「太好了，有你在，我就放心了。」傅雪盈拍拍胸脯，剛放下心來，就滔滔不絕說道：「你知道比賽的內容是什麼嗎？我是臨時被推薦來的，完全沒準備。你說唱歌好，還是跳舞好？可是兩樣我都不太拿手，雖然最近剛學了一首新歌，可是實在沒把握……」

梁宇翔恍若未聞，視線落在樓層面板上，看著數字從「1」開始跳，耳邊充滿傅雪盈略微嬌軟的聲音，一派悠然自適。

就在樓層面板上的數字跳到「8」，傅雪盈也說得正歡的時候，電梯驀地震了震，然後停了下來。傅雪盈一時站立不穩，整個人被震得往梁宇翔的方向摔去。

梁宇翔本想閃開，遲疑了一下，還是好心地抓住傅雪盈的手臂，免得她摔得狗吃屎。

傅雪盈嚇了一大跳，等定下神來後，顧不及道謝就慌忙問道：「地震！是地震嗎？」

梁宇翔皺眉，抬頭環視了一圈，電梯停住後就沒動靜，按了開門鍵也沒反應，當下推測道：「可能是故障吧！」說完，按下緊急對講機，可是對講機那頭無人回應。

傅雪盈下意識抓著梁宇翔的衣袖，緊張卻又滿眼信賴地看著他，彷彿他動動手指就能解決眼下的困境。

梁宇翔無奈，掏出手機碰運氣。

幸好今天幸運女神站在他們這邊，電梯裡可能有裝設小型發射器，手機可以接收到微弱的訊號。他按下快速鍵，手機那邊很快有人接起。

梁宇翔半句廢話都沒有，開門見山直接說道：「我在八樓的電梯裡，電梯現在停住上不去，門也開不了，去監控室看看是不是故障……」說到這裡頓了一下，因為傅雪盈正扯著他的袖子拚命搖晃，還對他擠眉弄眼，暗示時間緊急。

他沒好聲氣地對著手機補了一句：「趕時間，限你一分鐘內解決。」

傅雪盈滿意了，頓時眉開眼笑。

而梁宇翔顯然太小看某人的臉皮，只聽傅雪盈好奇地問道：「那個人是你朋友嗎？他是不是也在十二樓？可不可以請他幫我去跟星銳的工作人員說我就快到了，請他們稍微等等我？」

叫他那個魔鬼經紀人幫她這個無名小卒去跟公司說情？

她敢說他都不敢聽！

他可以對他的經紀人呼來喝去，但不表示他的經紀人會吃別人那套。星銳所有的人都知道，得罪他的經紀人，不死也會被整得脫去半條命。

梁宇翔再次用看白痴的目光斜睨傅雪盈。

傅雪盈這次跟他的頻率對上了，不死心地又道：「不然請你朋友幫忙打聽比賽的內容，你不是也要參加比賽嗎？我們都快遲到了，等一下我們肯定沒時間準備……對了，你排第幾號？」

「誰說我要參加比賽？」

傅雪盈愣了愣，「可是，你不是也要去十二樓嗎？」

梁宇翔答非所問：「我有事。」

「那……」傅雪盈臉不紅氣不喘地說道：「我們是朋友，既然是朋友，你是不是應該為你的朋友兩肋插刀？」

梁宇翔只想插傅雪盈兩刀，他從沒遇過這麼沒臉沒皮的女生。

手機鈴響，梁宇翔接了起來，聽了一下，轉頭對傅雪盈道：「兩分鐘後電梯就會恢復正常。」話沒說完，就見傅雪盈正腆著臉，眼睛閃閃發亮，既狗腿又熱切地看著他，看到他臉都變黑了，忍不住把臉別向另一邊，運著氣，對手機那頭的人道：「跟工作人員說，ＳＩＰ的選秀賽等我到了再開始……為什麼？因為一號參賽者正在我旁邊。」最後一句話說得咬牙切齒。

傅雪盈笑得嘴巴都要咧到耳後了，甚至還得寸進尺湊到他面前，雙手在胸前交握，頂著比長靴貓還無辜的表情無聲哀求他。

梁宇翔吸了吸氣，頭再次轉開，壓抑著不耐煩，僵硬地對著手機道：「比賽要比什麼？」

聽了一會兒，他轉頭對傅雪盈道：「自由發揮，想唱歌就唱歌，想跳舞就跳舞……」說著，頓了頓，冷聲道：「妳想跳樓也不會有人攔妳。」至少他不會攔，還很樂意幫忙推一把。

傅雪盈忽略他後面那句話，原地蹦了起來，高興地朝梁宇翔的手機大聲叫道：「那我可以找人幫忙嗎？我想找你朋友幫我伴舞！他長得那麼好看，擺著不用太浪費！」

梁宇翔和手機那頭的人都被傅雪盈的話震住了。

要一個FACEBOOK上有三百萬粉絲，微博上有三千萬粉絲的偶像天王，幫妳一個籍籍無名的小丫頭伴舞？這已經不是沒臉沒皮可以形容，也不是異想天開可以比喻，而根本是神經病，還病入膏肓了！

傅雪盈卻是越想越覺得自己福至心靈冒出的想法很美好，忍不住拍了拍梁宇翔的背，「就這麼決定了！等一下你就隨便擺擺手腳，我們沒時間彩排了，你見機行事，反正大家肯定盯著你的臉看，對你的舞不會太期待！」

手機那頭的人已經完全說不出話來，沉默了好一會兒，才壓低音量對梁宇翔道：「她不知道你是誰嗎？」

「嗯。」

「……等會兒你上來之後，離她遠一點，她……腦子可能有問題。」

梁宇翔瞥了腦子可能有問題的某人一眼，嘴角忽地揚起一閃而逝的詭譎笑意，接著平靜地道：「你幫我準備兩副耳麥，看現場有什麼樂器，找個人來伴奏……」說到這裡，轉頭問傅雪盈道：「妳不是說最近學了新歌，就唱那首吧，歌名是什麼？」

傅雪盈微愣，沒想到對方看起來那麼難搞，竟然真的二話不說就答應下來，當下打蛇隨棍上，連忙報上歌名：「歌名是《心跳奇蹟》，項海嵐自己作詞作曲，是他第一張專輯裡的主打歌。ＭＶ裡有舞者伴舞，你應該沒看過吧？所以你隨便跳跳就好了，項海嵐不會知道你糟蹋他的歌。」

梁宇翔的臉綠了，幸好他掩住了手機，手機那頭的人沒聽到傅雪盈後來的話，否則不僅是覺得她腦子有問題，更會以為她是從精神病院跑出來的神經病。

梁宇翔深吸了一口氣，臉色陰晴不定，拿不準是要等出了電梯之後把傅雪盈從十二樓踹下去，還是現在直接來個「密室恐怖殺人事件」。最後，他深吸了一口氣，平靜地對手機那頭道：「電梯門一開，就下音樂，項海嵐的《心跳奇蹟》。」說完，不待對方再問，就咬牙切齒地掐斷了通訊。

就在這時，電梯開始動了，緩慢繼續往上爬升。

梁宇翔轉身面對傅雪盈，沉默地盯著她，盯得她從莫名其妙到頭皮發麻。

就在她局促不安地想開口詢問時，他說話了：「要我伴舞的代價是很高的，妳確定妳能夠承受嗎？」至少絕對會惹毛他那個魔鬼經紀人，可是……誰在乎呢？他不介意他幫項海嵐，但不表示他不介意他幫項海嵐接近他。

傅雪盈吞了吞口水，期期艾艾地問道：「什麼代價？」

「一夕成名。」梁宇翔詭異地一笑。

傅雪盈愣住，這不是好事嗎？

多少人想紅卻不得其門，眼下有這麼好的機會，她當然不能任它白白溜走。

梁宇翔瞄了一眼樓層面板，已經來到十一樓了。

「等一下電梯門打開，我先跳，妳跟著跳。」

聞言，傅雪盈繼續呆愣。

跳？跳舞嗎？

梁宇翔卻不再解釋，傅雪盈也沒時間問了。

電梯「叮」的一聲開啟，梁宇翔壓了壓頭上的鴨舌帽，率先跨了出去。

他一出去，就有人丟了兩副耳機麥克風過來。

梁宇翔熟練地把耳機戴在一側的耳朵上，將無線接收器別在腰間，打開電源鍵，隨即把另一副丟給傅雪盈，命令道：「戴上。」

在傅雪盈還來不及反應過來時，梁宇翔已經大步跨了出去，接著單手用力在前方的圍欄邊緣下壓，雙腿併攏，整個人飛身而起，輕輕鬆鬆帥氣地橫越欄杆，然後……跳了下去。

傅雪盈驚呆了，這是哪來的神經病，沒事來這裡跳樓？

她連忙跟了過去，站在圍欄邊往下看。

原來十二樓是個挑高的樓中樓格局，電梯門外是低矮的二樓，兩側有圓弧形的階梯通到下方。下方是一個極為寬敞的空間，此刻四周有不少人圍觀，中間是架起的舞臺區。

梁宇翔正站在舞臺中央仰頭看著她，對她做了個手勢，要她戴上耳麥，接著雙手往左右攤開，做出要接住她的動作。

傅雪盈雙手微顫地別上耳麥和無線接收器，耳機裡傳來過濾干擾後的輕快旋律，是項海嵐的《心跳奇蹟》前奏，可是此時她無暇分辨，望著下面距她至少有三公尺以上的高度，她只覺得頭腦一陣暈眩。

要她從這裡跳下去，這種玩心跳的事，沒讓她去掉半條命就是奇蹟了。

「一號，傅雪盈！」

舞臺邊傳來唱名聲。

傅雪盈心頭一凜，比賽開始了！

她咬咬牙，看著梁宇翔望著她的堅定眼神，那眼神像是在說「我一定會接住妳」……當然不可能那麼浪漫，根本是在說「不跳妳就死定了」。

傅雪盈心一橫：死就死吧！

最後，以蹩腳的姿勢爬上圍欄，在眾人屏氣凝神的注視中跳了下去。

Episode 02
最強偶像計畫始動

星銳娛樂籌備了一年的大型藝能選秀活動「最強偶像計畫Super Idol Project」，宣傳鋪天蓋地展開，吸引了懷有明星夢的近千名少年男女蜂擁而至。

第一屆的ＳＩＰ有年齡限制，上限是十八歲，據說星銳旗下最年輕的訓練生是七歲。

經過筆試、面試的關卡後，有資格參加第一輪淘汰賽的僅剩三十八人，審查相當嚴格，傅雪盈則是「走後門」進來的第三十九人。由於是臨時被「力薦」進來的，所以其他挑戰者都沒見過她。

圍在舞臺邊的眾挑戰者，對於傅雪盈的出現很驚訝，可更驚訝的是從樓上宛如天神般降臨的梁宇翔。隨著梁宇翔的出現，場中響起了輕快優美的鋼琴聲，而坐在舞臺邊彈琴的人，赫然是有音樂神童美譽的項海嵐。

有流言說，梁宇翔和項海嵐不和，從不在站在同一個舞臺上，如今……

項海嵐是在為梁宇翔伴奏嗎？

可現在明明是ＳＩＰ的淘汰賽，兩個聽說是王不見王的超級明星，竟然會同臺？

在眾人還未反應過來之時，只見舞臺中央的梁宇翔仰頭朝著樓上攤開手，做出要接什麼東西的姿勢。眾人好奇地不約而同往樓上看去，結果看到有個小女生在欄杆上蠕動，接著以不怎麼好看的動作跳了下來，跳到了……梁宇翔手裡。

梁宇翔順著傅雪盈一躍而下的衝力，托起她的腰，趁著她在半空中停留的短暫時間，漂亮地旋身，使得傅雪盈柔軟的髮絲劃了幾道優美的弧線，才輕巧地落到地上，而梁宇翔的鴨舌帽則在瞬間脫落，露出他那張俊美的臉孔。

傅雪盈還來不及喘口氣，就聽見梁宇翔已和著琴聲，開尊口唱起了《心跳奇蹟》，同時用眼神「逼迫」傅雪盈跟上。

傅雪盈會意過來，連忙對著耳麥往下唱。

而梁宇翔在聽見傅雪盈清澈乾淨的歌聲後，便轉了調，改唱起和聲。

兩人的聲線協調地交織在一起，一個追逐著另一個，相較於原唱項海嵐所要表達的驚喜悸動，更多了幾分纏綿之意。

項海嵐眼睛閃亮亮地看著舞臺上的兩個人神采飛揚地唱著自己寫的歌曲，眼神比他在獲得蕭邦國際鋼琴大賽桂冠的那一刻更為明亮。

不過，從樓上慢慢走下來的慕恩卻是越看眼睛越綠，最後惱怒得幾乎快要迸射青光了。

原來，既傲且嬌的梁大天王要他準備兩副耳麥，竟然是為了給他「驚喜」，可惜他只有「驚」沒有「喜」。

他推了推鼻樑上的眼鏡，隱在鏡片後方的眼神極為陰鷙。

作為星銳金牌經紀人的他，工作紀錄良好，手上的藝人縱有千變萬化，也難逃他的手掌心，即使是性格看似涼薄實則彆扭的梁宇翔，也被他鎮壓了幾年。眼下……梁大天王卻是快要把天捅破了。不，應該說是快要把星銳的天捅破了。

堂堂一個超級偶像，身為星銳的門面之一，身為星銳的印鈔機之一，驀地從天而降，幫一個不知從哪個旮旯角裡冒出來的小女生抬轎……星銳幫他打造的天王格調都被他自己踐踏到地上了。

而身為梁大天王的經紀人，他的面子也被扯了一半下來。

趁著另一半還沒被扯下來之前，他得想辦法把掉下來的一半糊回去。

舞臺上的兩人哪裡知道下面各人的心思，傅雪盈用沒經過訓練的發聲腔調隨興唱著歌，梁宇翔則一邊幫忙和聲，一邊帶著傅雪盈在臺上翩然舞動。

最初因為沒有默契，傅雪盈的動作有些遲鈍僵硬，等到熱了身，又有梁宇翔有意無意的引領，她終於能慢慢放開手腳，隨著音樂自然擺動旋轉。當然，這也要歸功於她拚命在心裡催眠自己把這場甜美的歌舞秀當成她們童軍社在做公益表演。她們童軍社經常出團到醫院、養老院、育幼院等場所進行公益演出，在舞臺上蹦跳的經驗不少，她只要把舞臺下圍觀的人當成養老院的長輩或育幼院的院童，就不會覺得緊張了。

被傅雪盈當成養老院一員的禁慾系帥哥慕恩，陰沉沉地凝視傅雪盈好一會兒，然後走到無人的角落，掏出手機撥電話回公司。

歌曲來到最後一遍副歌，傅雪盈的手再次搭上梁宇翔伸過來的大手，梁宇翔的大手傳遞來的溫熱，讓她忍不住綻出甜絲絲的笑容。

梁宇翔被傅雪盈突如其來的燦爛笑容閃了一下眼睛，下意識跟著牽起嘴角，可又猛然想到什麼，連忙壓了下來，以致於面部表情有瞬間的不自然。

所幸兩人照面只是電光石火的事，傅雪盈並未察覺。

副歌結束，琴聲來到尾奏時，梁宇翔忽然雙手滑向傅雪盈的腰間，用力將她托起。

傅雪盈心裡微驚，面上卻不顯，只是兩手順勢落到梁宇翔肩膀上尋找支撐點，雙腿曲起，任梁宇翔將自己托到半空中。

可在傅雪盈重心往前傾時，梁宇翔微微仰起頭，在傅雪盈耳邊用只有兩人聽得到的聲音說道：「好重，妳該減肥了！」

聞言，傅雪盈撐著的手軟了一下，整個人頓時失衡，從空中摔了下來。

梁宇翔就著她摔下來的勢頭，攔腰將狼狽的她以公主抱的方式穩穩托住，瀟灑地結束了不在參賽者名單上的雙人秀。

兩人還沒來得及走下舞臺，星銳預先安排的主持人就在不知何時回到場中的慕恩的示意下，拿著麥克風走了上去，抬手攔住準備下臺的兩人，笑容滿面地對臺下的眾人宣告道：「謝謝各位欣賞我們臨時安排的示範表演。這場由我們星銳的偶像天王梁宇翔、音樂才子項海嵐，以及隱藏新人傅雪盈聯袂演出的精采歌舞秀，希望能為在場的所有參賽者起到良好的鼓舞效果。接下來，星銳娛樂第一屆最強偶像計畫ＳＩＰ淘汰賽即將正式開始，請一號參賽者準備上臺。」

主持人四兩撥千金地把這齣「意外」輕描淡寫地遮掩過去。梁宇翔不置可否，傅雪盈卻是在聽到主持人口中的「隱藏新人傅雪盈」這幾個字時傻住了。

隱藏新人這種高端的名詞是怎麼砸到她頭上的？

她暈乎乎地跟著梁宇翔走下舞臺，跟著梁宇翔來到隔壁的小房間，又暈乎乎地對上禁慾系帥哥那犀利得彷彿在說「妳死定了」的眼神時，她的心頭陡然一凜，瞬間就清醒了。

隱藏新人的事先放一邊，她記得剛才主持人不僅提到項海嵐，還說到了……梁宇翔？

傅雪盈脖子僵硬地緩緩轉向那個她認定性格扭曲的某人。

難怪她覺得這個人很面熟。

何止面熟？原來人家正是演藝圈炙手可熱的超級天王。

有人說，藝人在螢光幕上和現實生活中看起來會有差異，因為打光和化妝的緣故，有時候若不仔細看，再加上藝人刻意掩飾，很可能就會被細微的差距騙過去。

可是，對方只戴了頂帽子，她就立刻認不出來……她的眼力到底是有多破啊？

傅雪盈心裡的小人拚命咬手帕。

她絕對不承認自己的眼睛有問題，肯定是家裡的電視太老舊，電腦太破舊，畫質太殘缺，以致於她沒能認出對方來。又或者是梁宇翔雖然是天王，可不是她的偶像，所以她平時關注不多，才會認不出來……

傅雪盈深吸了一口氣，一副準備英勇就義的表情問道：「你……你真的是梁宇翔？」

梁宇翔沒有回答，而是用像看蠢蛋一樣的目光看著她。

「傅雪盈是嗎？」慕恩推了一下眼鏡，鏡片反射出一閃而逝的光芒，讓他整個人看起來更為嚴厲，「我真是太小看妳了，沒想到妳一個無名小卒竟然能勞動梁大天王為妳護航，還逼得我不得不讓公司承認妳。」

承認她？

什麼意思？

傅雪盈一臉莫名其妙。

「如果被人知道梁大少爺為妳這個不是星銳旗下藝人的無名小卒抬轎，妳可知道對星銳高掛多年的門面損傷有多大嗎？妳可知道對我費盡心思為梁大少爺打造的高貴形象傷害有多深嗎？」慕恩冷冷地數落道：「傅雪盈小姐，妳好，妳可真好啊！」

傅雪盈一點都不好。

別人從天王降格成少爺，而她依舊還是那個無名小卒，可見這位禁慾系帥哥對她和梁大少爺有多麼的惱怒了。

她縮了縮脖子，偷瞄身邊的人一眼，想尋求同是天涯淪落人的梁大天王安慰。可惜人家是天王，天王有天王的風範，天王有天王的驕傲，還驕傲得把斥責當作耳邊風。

梁宇翔一副雲淡風輕的無所謂模樣，兩手插在褲袋裡，看著牆角神遊。

這不識時務的態度非常欠扁，難怪禁慾系帥哥會生氣。

不過，禁慾系帥哥的怒火更多是朝著她來的，可能是覺得對天王生氣也無用吧！素來理智的慕恩，確實動了肝火。

他除了剛成為經紀人的那段時間有帶過新人之外，手上的藝人就沒有一個是叫不出名號的，如今他可以想像，為了幫梁大天王收拾爛攤子，為了維護自己金牌經紀人的招牌，很快他的羽翼之下就要多一個前不夠凸後也不夠翹，長得不是絕頂美豔也不是絕頂脫俗，只堪稱「小清新」的新人……好吧，也許她笑起來是有那麼幾分亮麗，但也僅止於此。

慕恩從隨身帶的公事包裡抽出一份文件丟給傅雪盈。

「傅雪盈小姐，這是合約，妳帶回去看看，如果沒問題就請妳和妳的監護人在上面簽名。」

「合約？」傅雪盈驚訝，「我已經錄取了？比賽不是還沒結束嗎？」

慕恩的臉色頓時又難看了幾分，顯然這位大小姐沒聽懂他剛才的話。

他怎麼可能讓梁宇翔和項海嵐護航的人參加比賽？這對其他參賽者不公平，也有損星銳和他的顏面。星銳和他只挑選通過考驗且有潛力的素人栽培，而能讓星銳的天王出來抬轎的人，就算是素人，對外也不能這麼說。

星銳敢拱上檯面的，絕對不會是平凡的小新人。

梁宇翔帶著小新人無預警在公開場合亮相，還在比賽中橫插一槓，表明了不給他退路，於是，為了自己的金字招牌，他只好緊急向公司報備，以個人名譽向公司保證傅雪盈是未來的閃亮之星，說服公司同意他以「隱藏新人」的身分在舞臺上介紹傅雪盈。

這項買賣，他虧大了！

不，這根本是梁大天王的強買強賣！

「剛才已經說妳是『隱藏新人』了。」慕恩比面無表情還面無表情。

「那……我什麼時候開始工作？第一個通告是什麼？我要做什麼準備？」傅雪盈很不安，她對演藝圈一無所知，只看得到藝人們在螢光幕前的光鮮。

「剛才已經說妳是『隱藏新人』了。」

「我知道啊，我是新人嘛，一開始肯定不會接到什麼大工作，我能理解。」傅雪盈自以為很體貼地說道。

「我的意思是……」慕恩說得咬牙切齒，「妳是『隱藏』新人，至於要『隱藏』多久才能當『新人』，就看妳有多上道了。」

傅雪盈微愣。

上道？什麼意思？

「後天早上八點準時到星銳的人事部報到。」慕恩板著臉孔，以不容反駁的語氣命令。

「你是……」傅雪盈先前猜想著這位禁慾系帥哥應該是項海嵐的經紀人……

「他們兩個的經紀人，慕恩。」慕恩開始磨牙了。

站在一旁始終沒說話只是微笑的項海嵐，對傅雪盈友善地點了點頭。

傅雪盈的視線和項海嵐對上，忍不住抓緊衣角，羞紅了臉，心裡的小人宛如無頭蒼蠅般狂奔著：天使對我笑了天使對我笑了天使對我笑了天使對我笑了……

而且，剛才天使還幫她伴奏呢！

由於太緊張了，她連忙轉向梁宇翔，躲避項海嵐。

梁宇翔睨了她一眼，隨即把頭甩向另一邊。

傅雪盈：「……」真是任性的天王啊！

見狀，慕恩沉下臉，冷冷地又道：「根據合約第十三條的規定，星銳的所有偶像藝人，包括未出道的訓練生和剛出道的新人，全都禁止談戀愛。一旦違反規定，讓星銳的利益受損，那麼，賠償金將會讓妳賠到……傾家蕩產。」

傅雪盈吞了吞口水，下意識看向項海嵐。

項海嵐卻是看向梁宇翔，梁宇翔則是看著……牆角，繼續發他的呆。

「再給妳一個忠告，既然以後我是妳的經紀人，妳就得嚴格遵守我的要求。我帶出來的藝人沒有半個是蠢貨，希望妳不會成為第一個。不過，就算妳不幸成為第一個，我也會讓妳變成最後一個。」慕恩平靜地說著威脅性十足的話。

傅雪盈突然覺得她的人生不太妙。

「我也不是那麼不近人情，如果妳有什麼問題，隨時可以問我，只是要記住，我不喜歡笨蛋，妳要問的事最好先過過腦子。當然，除了問我，妳可以尋求同門師兄弟或師姊妹的幫助，若是有人肯幫妳的話。」

聽完慕恩的話，傅雪盈下意識看向了梁宇翔。

梁宇翔卻是涼涼地說：「沒事不要找我，有事更不要找我。」

傅雪盈：「……」明明你也有責任，這時候才想裝作不認識嗎？

原來，她的人生還能更不妙！

連未來的「同事」都棄她於不顧。

她默默地看向她的天使，天使依舊掛著聖潔的笑容，只是不是對著她，而是對著梁宇翔，可梁宇翔由始至終都沒看項海嵐一眼，彷彿他是不存在的空氣一般。

真是人比人，氣死人！

憑什麼性格扭曲的傢伙可以得到天使的垂顧，卻對天使不屑一顧？簡直太糟蹋天使了！

天王什麼的，就該被拖出去「輪」個八百遍！

「傅雪盈。」慕恩連名帶姓地喚道。

「報告，是！」傅雪盈剛才被來了一頓「震撼教育」，此刻再聽到慕恩唱名，忍不住把社團的習慣帶出來。抬頭挺胸，手指併攏，舉至眉梢敬禮。

「妳以為妳是童軍嗎？」慕恩的眼角不著痕跡地抽了抽。

「報告，是！」傅雪盈中氣頗足地解釋道：「我在學校是童軍社的成員。」

在場的三人：「……」這丫頭該不會是演藝圈有始以來第一個女童軍藝人吧？

慕恩一時無語，半晌才說道：「演藝圈不是學校，不要把妳在社團的那一套搬過來。」

傅雪盈嘴唇動了動，然後點點頭。

「傅雪盈，妳的暑假結束了。」慕恩宣布道：「在未來的兩個月中，我會安排妳接受各項基礎培訓課程。妳必須達到我的基本要求，妳的表現將會決定妳是要繼續『隱藏』，或是以『新人』之姿出道。記住，我帶的人一向只問『做不做』，而不問『能不能』。」

傅雪盈聽得頭皮發麻，忍不住又看向梁宇翔。

梁宇翔這回卻是似笑非笑地斜睨傅雪盈，懶懶地說道：「等一下要不要一起吃個飯？妳看起來很需要跟人聊聊人生。」

傅雪盈：「……」這話真是耳熟啊！

「哦，對了。」慕恩習慣性地推推眼鏡，「建議妳有空的話去做一下健康檢查，尤其是腦子。回家以後也問問妳的家長，看看妳小時候是不是曾經撞到過頭。」不然怎麼會做出這種腦殘的蠢事。

傅雪盈：「……」她不過是不小心害得他必須收下她，有必要這麼毒舌嗎？

就在傅雪盈為兩天後即將到來的「苦難」感到惴惴不安時，梁大王天所說的她必須付出的「一夕成名」的「代價」就先到來了。

離開星銳舉辦ＳＩＰ淘汰賽的大樓之後，她沒真的聽信梁天王的話，跟他去吃飯聊人生，而是懷著忐忑的心情，抱著合約搭公車一路神遊飄回家，連臨分開前項海嵐對她親切地一笑，都不能撫慰她空虛的心靈，倒是梁宇翔富有深意的笑容讓她感到微微驚悚。

陰錯陽差成為星銳娛樂的「隱藏新人」，她的心情非常複雜，甚至沒了見到天王巨星和天使偶像的興奮感，更沒有進入演藝圈的踏實感，只覺得自己猶如做了一場夢。

像遊魂般飄回小公寓，踩著軟軟的步伐回到臥室，一頭栽到床上，仰躺看著天花板出神。

不知過了多久，客廳的電話鈴聲響起，才把她的思緒拉回現實中。

電話鈴聲響了許久都沒有要停止的樣子，傅雪盈嘆了一口氣，認命地爬下床走到客廳。剛接起話筒，電話那頭就傳來好聽的男聲：「盈盈，妳到底幹了什麼好事？」

傅雪盈愣了一下，呆呆地答道：「什麼什麼好事？」

「現在是繞口令的時候嗎？」對方語氣不悅地質疑道：「網路上現在都在瘋傳妳和梁宇翔的事，還有一張梁宇翔抱著妳的照片。說，妳怎麼會和那種人扯上關係？」

傅雪盈傻住。

什麼網路？什麼照片？梁宇翔什麼時候抱她了？

傅雪盈猛地跳起來，把話筒拋到一邊，跑到客廳的電腦前打開電源，螢幕龜速地跳出作業系統的畫面。

對了，她的手機也能上網！

思及此，她又奔回臥室抄起放在床上的手機，這才想起自己擔心比賽途中鈴聲響起，所以乾脆關機，卻一直忘了開機。當下連忙按下電源鍵，不料手機剛搜尋到網路，簡訊和LINE的提示音就此起彼落響了起來，而且久久未停。

傅雪盈被這態勢驚得差點把手機丟出去，世界末日要來了還是外星人要入侵地球了，她平時可沒這麼受歡迎呀！

當手機的提示音響得差不多的時候，她才定下神，流覽傳訊人的名字。結果清一色都是她的親朋好友、同班同學和社團的成員，而且隨意點開幾條來看，多半是轉貼梁宇翔將她公主抱的照片，背景則是星銳ＳＩＰ淘汰賽的舞臺。

就在這時，手機鈴聲響起，螢幕上的來電顯示是她同學的名字。

她的手顫了顫，沒有勇氣接起來。

鈴聲響了好一會兒，終於停止，不料才剛停不到一秒又再次響起，這次是另一位同學。

傅雪盈就這樣看著手機響了停，停了響，來電顯示的名字一個換過一個。

最後，她把響個不停的手機丟回床上，哭喪著臉飄回客廳，拿起被丟到一旁沒掛上的話筒，略帶哭音地說道：「哥，你還在嗎？」

傅雪彥沒好氣地答道：「妳說呢？」

「哥，我跟梁宇翔是清白的，我跟他真的不熟，那張照片是我們表演的時候有人偷拍的，我是冤枉的……」傅雪盈非常憋屈，覺得現在的自己很能體會竇娥的冤屈。

「妳既然說你們不熟，為什麼還會跟他一起表演？」傅雪彥恨鐵不成鋼地說道：「他是什麼人，妳又是什麼人，跟那種人湊在一起，還妄想不被注意到嗎？妳是想找死，還是活膩了？妳就不會用點腦子啊？」

又是腦子！

難道大哥也要叫她去檢查腦子嗎？

「哥……」

「這時候裝委屈，別人就會因為同情妳而不說風涼話嗎？」

「哥……你還是不是我哥啊？」

「不是妳哥才懶得理妳！」傅雪彥不悅又無奈地說道：「說吧，到底是怎麼一回事？」

傅雪彥過了暑假就升大學三年級，比傅雪盈大三歲，長得英俊，頭腦聰明，是文武全才的高材生，而且會彈貝斯會打鼓，和幾個朋友合組了五人樂團，是樂團主唱。

暑假一開始，他就和團員跑到歐洲各國進行業餘樂團的觀摩交流之旅，順便在當地尋求街頭表演的機會，藉機開拓視野，磨練並增加樂團的實力。

事實上，很久以前就有幾個星探跟傅雪彥接觸過，不過都被他拒絕了，卻沒想到他會在國外上網流覽台灣的訊息時無意間看到寶貝妹妹上了新聞，當下令他又驚又怒，他不希望單純的妹妹被演藝圈這個大染缸玷汙，但顯然寶貝妹妹已經先被某個色情偶像汙染了。

傅雪盈不知道在地球另一端的哥哥心裡正燃燒著熊熊怒火，兀自叨叨絮絮地說明前因後果，順便還著重說了梁天王的反社會人格，強調自己對他絕對沒有任何非分之想，倒是在提到項海嵐時，語氣不自覺流露了幾分崇拜之意。

「項海嵐？」傅雪彥皺眉。媽的，哪來那麼多狼崽子？新聞好像沒提到……

「哥，怎麼辦？爸和媽會不會看到那些胡說八道的緋聞？我的合約還需要監護人簽名呢！萬一他們氣得不簽，我該怎麼辦？後天我就要去星銳報到了，不然經紀人會生氣……」

傅家是很傳統的四口之家，傅爸是朝九晚五的上班族，傅媽是典型的家庭主婦，兩人都很保守。傅雪彥從小品學兼優，自動自發，是個讓家長和師長都很放心的好孩子，而傅雪盈是么女，比較受到父母包容，還有個十分寵溺妹妹的哥哥，所以個性相對單純些。

傅家在南部，傅雪彥卻是選擇了台北的大學就讀，還把正要升上高一的妹妹拐到台北。

傅雪彥租了一個三房兩廳約三十來坪的舊公寓，房租和兩人的生活費都是由傅雪彥一力負擔。傅雪盈知道哥哥有在打工，但不知道哥哥到底在打什麼工，只是覺得兩人的生活很寬裕就是了。

「都這種時候了，妳竟然還想著要簽那什麼鬼合約？」傅雪彥的語氣很不痛快，「妳就沒有半點自覺嗎？立刻給我回絕掉！」

「啊？為什麼要回絕？要有什麼自覺？」傅雪盈愣愣地問道。

「妳的長相、妳的身材、妳的氣質都沒有任何突出的地方，妳以為憑妳現在這樣，能在演藝圈那種地方混出什麼名堂？」

傅雪盈頓時覺得自己的膝蓋中了好幾枝箭。

「哥……你真的是我哥嗎？」

「就是妳哥才跟妳說實話。」

傅雪盈的心臟瞬間又被一枝殺傷力特強的箭刺中，

「盈盈，哥從來都不知道妳對演藝圈有興趣。」傅雪彥嘆了一口氣，寶貝妹妹似乎在他沒發現的時候長歪了。

傅雪盈沉默了一會兒才答道：「本來是沒有。」

「那為什麼現在有了？」傅雪彥皺緊眉頭，「是為了那個叫項海嵐的小屁孩嗎？」

「哥……」傅雪盈無奈，「他才不是小屁孩，他的鋼琴彈得很好，而且還得了蕭邦國際鋼琴大賽的冠軍呢！不過……哥，你不要亂想，我不是為了他。」

「那是為了誰？」

「不是為了誰，我是為了我自己。」傅雪盈一邊思索一邊說道：「我覺得有個難得的機會在眼前，如果不好好把握，也許以後會後悔。我知道自己像哥說的那樣一點都不出色，可我直覺若是進了演藝圈，說不定能發現自己有什麼別人不知道的優點。」

「那是妳的錯覺。」傅雪彥語重心長地道：「盈盈，演藝圈不是妳想的那麼簡單。」

「哥，我沒把演藝圈想得很簡單，我根本不知道演藝圈是什麼樣子。」

傅雪彥被寶貝妹妹理直氣壯的發言噎了一下。

「盈盈……」

「哥，你曾經對我說過，任何事情只要預設立場，就永遠達不到理想中的高度。我對演藝圈完全不了解，這樣不是正好嗎？不懂就能全力以赴了。」

傅雪彥欲言又止：「呃，哥不是那個意思……」妳那是所謂的無知者無畏吧？

「哥，我要去！」傅雪盈握拳，「我決定了，我要去！」

「……要去可以，離那個色情偶像遠一點。」傅雪彥想到有個色情偶像可能正在覬覦自家妹妹，就萬分心塞。

「哥，你的思想太不純潔了。」

「不純潔的是那個色情偶像的手，他竟敢把手放在妳的……」傅雪彥說不出「胸部下方」幾個字，只好改口道：「總之，離那個圈子的男人遠一點，他們全都不是好東西。」

「知道了。那……哥，爸和媽那邊你打電話回去幫我解釋，他們對你比較放心，你的話他們肯定聽得進去。」傅雪盈懇求道。

「妳得寸進尺了喔！」

「哥，你最好了，你是最好的哥哥，拜託嘛！」

「難道我不幫妳，就不是好哥哥了嗎？」

「哥真壞，就會欺負人家！」

就在這時，插撥的嘟嘟聲響起。

傅雪彥愣了一下，然後眯起眼睛，聲音微冷地問道：「為什麼會有插撥？我記得這支電話只有爸、媽和妳、我知道，我說過不准外洩的吧？」

他申辦這支電話時，還特意提醒過父母不能把號碼給外人，當成是家人的專線。

傅雪盈也愣住，一會兒才反應過來，連忙解釋道：「剛才我把電話號碼給經紀人了，不過我有跟他說絕對不可以告訴別人，也跟他說只能在有緊急狀況時才能打，我想他一定是有急事。對不起，哥，你稍等，我先接他的插撥。」

不過，插撥的人卻不是魔鬼經紀人，而是另一個意想不到的人。

「你……你怎麼知道我家的電話號碼？」

「慕恩要我轉告妳，這兩天不要隨便對外發言，不要擅自對妳的親人或朋友提到任何妳跟星銳的事，星銳會發新聞稿給各大媒體。總而言之，這幾天妳不要隨便出現在公眾場合，沒事就待在家裡。」對方沒回答傅雪盈的疑問，兀自淡淡地說道。

「哦。」

「掛了。」

「哦。」

「除了『哦』，妳不會說些別的嗎？」對方語氣又不好了。

「怎麼不是慕先生親自打來？」

「……哼！」

對方哼了一聲，沒打招呼就掐斷通話。

傅雪盈心想：果然是任性的天王啊！

把電話切回另一線，傅雪盈喊了聲：「哥。」

等得很心急的傅雪彥，二話不說，直接問道：「星銳的經紀人有什麼急事，為什麼還要特意打家裡電話？」

「不是經紀人打的，他讓人通知我說星銳會發新聞稿，要我盡量不要對外隨便說話。」

「打電話的人是誰？」傅雪彥有不好的預感。

「梁宇翔。」

「……」媽的！那個色情偶像！「為什麼他會有我們家的電話？」

「大概是經紀人給他的。」

「等我回去馬上換號碼。」

「哥。」

「做什麼？」傅雪彥口氣惡劣。

「你思想又不純潔了喔！」

「……」

「哈哈，哥害羞了！」

「傅、雪、盈！」

「對不起！」傅雪盈立刻斂起笑意道歉。面對哥哥大人，她從小練就一身「積極認錯，堅決不改」的功夫，但也只在寵溺她的哥哥面前，在父母面前她還是很拘謹的。

「盈盈，記住哥的話，世界上的男人只有兩種，一種是很好色，另一種是非常好色。那些接近妳的男人都不懷好意，為了他們好，妳最好跟他們保持距離。」

「為什麼我跟他們保持距離是為了他們好？」

「因為敢對妳亂來的男人，我不只斷他手腳，還會斷他子孫根。」

雖然隔著電話，但傅雪盈還是感覺到對面傳來的殺氣，她忍不住縮了一下脖子，猛地想到哥哥看不見她，趕緊保證道：「知道了，我不會跟別的男人走太近。」頓了頓，又解釋道：「哥，我跟梁宇翔真的不熟。」

「不熟最好，以後也不用熟。」傅雪彥想到什麼，又補了一句：「還有那個項海嵐。盈盈，妳還小，談戀愛什麼的，等妳長大了再說。」

「哥，我跟項海嵐比梁宇翔還不熟。」

「妳剛才還說妳跟梁宇翔不熟！」

「哥，我只是打個比方。」

「哼！」

為什麼她覺得哥哥這一聲「哼」和梁宇翔那一聲「哼」有點像？感覺都很……傲嬌。

兩人又說了幾句話，電話那頭有人在叫傅雪彥，傅雪盈才掛斷電話，回到房裡。響了不知多久的手機終於消停了，但電量也幾乎告罄。

傅雪盈看著手機螢幕嘆氣，短短半天就發生那麼多戲劇化的事，幸好現在是暑假，不用馬上見到同學，否則她一時半刻還真不知道怎麼應付那麼多人的懷疑和詢問。看了一眼滿滿的未接來電、未讀簡訊以及那一排未讀的LINE，她不由自主又嘆氣。

眼角餘光瞥到被她擱在床頭櫃上的合約，後天就要去星銳報到，還有兩天可以整理好心情備戰。至少可以不用馬上再見到嚴厲的經紀人，可能也沒什麼機會再見到那個任性又傲嬌的梁宇翔。

人家是天王嘛，她只是個不知道要被「隱藏」到什麼時候才能出道的「新人」……

不知為什麼，忽然有點憂傷。

天王和新人，好遙遠的距離呀……

不對，天王干她什麼事，反正她一個小透明和天王又不可能同臺，想那麼多做什麼？

想到這裡，傅雪盈精神大振，奔到客廳，雙手握拳，朝著空蕩蕩的客廳大聲喊道：「傅雪盈，打敗梁宇翔，Fighting！」

話音剛落，門鈴突然響起。

傅雪盈嚇一大跳，好險沒從地上蹦起來。

這個時間誰會來？

想起網路上瘋傳的她和梁宇翔的照片，她吞了吞口水，該不會是有哪個記者已經神通廣大找上門來了吧？要不要假裝沒人在家呢？可萬一是來找大哥的呢？

傅雪盈遲疑了一下，慢慢走過去打開內鎖，然後把門拉開一條縫，往外看了出去。

這一看，驚得她差點一頭栽在門板上。

大門外站著的不是別人，而是那個她以為往後不會有機會再見面的梁天王。

戴著鴨舌帽的梁天王正面無表情地透過門縫盯著她，那宛如兩汪深不可測的黑潭般的眼眸，流轉著森森的涼意。

說好的不會再見面呢？

傅雪盈覺得老媽肯定今年忘了去廟裡幫她安太歲，不然她怎麼三番兩次犯到這尊太歲？

她眨了眨眼睛，又眨了眨眼睛，接著揚起大大的笑容，拉開大門，狗腿地搓著手問道：「你怎麼來了？有事打電話吩咐一聲就好，何必勞你大駕親自跑一趟？慕先生有什麼事要交代嗎？你說，我一定赴湯蹈火，在所不辭！」

也許是太心虛了，傅雪盈說著說著都有些語無倫次了。

梁宇翔抱著手臂，斜眼睨著她。

傅雪盈被看得頭越垂越低，被看得完全沒底氣質問人家為什麼沒有事先告知就登門拜訪，她不確定他剛才有沒有聽到她在客廳大喊的話。

可惡！你不是天王嗎？天王不是應該比牛仔還忙嗎？怎麼會這麼陰魂不散啊？

在傅雪盈腹誹的時候，天王終於開了尊口：「慕恩要我來帶妳去歌友會伴舞。」

沒有開場白，沒有前因後果，天王說得簡潔有力，傅雪盈聽得一頭霧水。

「什麼歌友會？誰的歌友會？」

「我的。」

傅雪盈心裡的小人捧著臉COS孟克的吶喊。

說好的小透明和天王不可能同臺呢？

「怎麼？做不到？」梁宇翔挑眉，「妳不是說要赴湯蹈火，在所不辭嗎？」

「……」那只是一種比喻……好吧，還用了誇飾法。

傅雪盈瞄了梁宇翔一眼，低下頭對手指，小聲說道：「可是我沒學過你的歌，也沒學過你的舞，而且還沒受過舞蹈訓練，要是讓我伴舞，可能會砸了你的招牌。」

天王一定有專屬舞群吧？不找他的舞群，找她這個小透明做什麼？

「早上妳不是跳過嗎？」

「那不一樣，那是有你帶舞的緣故，我一個人跳不來的，再說早上那是即興發揮。」

「那等一下繼續即興發揮好了。」

「你不怕我砸了你的招牌嗎？」

「哦，那妳就死定了。」

「……」

她只是撞見他虐待動物的「凶案現場」，他有必要這樣「凌遲」她嗎？

「不過，我覺得妳應該沒問題。」梁宇翔似笑非笑地又說道。

傅雪盈愣住，他竟對她這麼有信心嗎？

「如果不是有強大的自信，妳怎麼敢說要打敗我？」

「呵呵！」傅雪盈尷尬地乾笑兩聲。

他果然聽到了，這時候裝死來不及了吧？

她決定上完工回來就打電話回家請老媽幫她找間香火鼎盛的寺廟安太歲，順便多點幾盞光明燈。因為自從遇見梁大天王之後，她就覺得自己的前途越來越黯淡了。

「沒事就走吧。」梁宇翔淡淡地說道。

「啊？現在？我還沒換衣服耶！」

「現場有造型師和妝髮師。」

梁宇翔說完就逕自往外走，傅雪盈只好連忙抄起手機和包包跟上。

來到公寓樓下，她發現有一臺銀藍相間的重型機車囂張地停放著，椅背上擱著一黑一藍的兩頂全罩式安全帽。傅雪盈在這裡住了那麼久，從未見過附近有住戶騎重機，更別說這種連她不懂的人都看得出來極為昂貴的機車。

果然，就見梁宇翔脫下鴨舌帽，拿起重機上的黑色安全帽戴上，然後把藍色那頂遞給傅雪盈，示意她也戴上。

傅雪盈瞪著手上的安全帽發愣。

天王不是應該開高級跑車之類的嗎？為什麼要騎機車？還騎這麼張揚的重型機車？

梁宇翔哪裡管還在發呆的傅雪盈，瀟灑地跨上機車，發動引擎，等著她自己爬上來。

傅雪盈認命地把安全帽戴上，結果安全帽太大，她奮戰了好一會兒才勉強調整好扣帶。接下來她又遇到難題，看著翹起的椅背，猶豫著該不該跨上去。

坐上後座，身體重心會被迫往前傾，那就表示她會全身貼在梁天王身上。

梁宇翔似是知道她在想什麼，略微不耐煩地催促道：「快點上車，要遲到了！」然後又補了一句：「我吃點虧，不跟妳計較。」

傅雪盈立刻垮下臉，可惜隔著安全帽的擋風鏡，梁宇翔看不到。

抿了抿嘴，傅雪盈無奈地像蝸牛般跨坐上去。

她本來還打著如意算盤，想用手抓著椅背後方，這樣就不用貼著梁宇翔而坐，誰知椅背傾斜的角度太高，她一跨上去，整個人就猛地像八爪章魚那樣趴上梁宇翔的背部。

傅雪盈的胸脯頓時痛得她差點噴淚，雖然她不是波霸級的美女，但正在發育中的胸部好歹算是小而美，陡然撞上梁宇翔堅硬的背，就像拿兩顆肉包子砸石頭，疼得從不爆粗口的她嘴裡含了一連串髒話。

她不好受，梁宇翔也不好過。

雖然演戲的時候他跟其他女演員有過肢體上的接觸，可那是演戲，他分得清真假。現在卻在無預警的情況下，和傅雪盈來了個「親密接觸」，他不自覺渾身僵硬。

所幸傅雪盈心裡的小人還在踐踏著草泥馬，沒有注意到梁宇翔的異樣。

梁宇翔清了清喉嚨，聲音平板地說道：「抓緊，要上路了。」

「哦。」傅雪盈含著兩泡眼淚，不敢再異想天開，乖乖地兩手環住梁宇翔的腰，全身貼在他的背上，胸脯痛得她連半點旖旎心思都生不出來。

梁宇翔的背部卻繃得更緊，因為他此時可以清楚地感受到女性獨特的柔軟，而那種柔軟讓他相當不自在。他深吸一口氣，告訴自己這是在演戲，試圖忽略不自在的感覺。

機車奔馳了好一段路，兩人都沒再交談，一是隔著安全帽不方便說話，二是緊貼的兩人心裡都有些微的彆扭，所以一路上默不作聲。

可是在機車拐了幾個彎後，傅雪盈發現情況有些不對勁，梁宇翔似乎淨揀人少的路走，而且越走越刁鑽，四周幾乎快看不到人了。

她忍不住扯扯梁宇翔腰間的衣服，湊近他耳邊，大聲問道：「你是不是迷路了？」

梁宇翔並沒有回答她，他只是瞄了後照鏡兩眼，視線再度轉回前方。

機車上路後不久，他就發現有幾部機車鬼鬼祟祟地尾隨。試探性地走了幾條小路，仍是甩不開對方後，他便確信對方來者不善了，而且他依稀看到其中一部機車上的人影很眼熟，像是以前「認識」的人。

心裡有了譜，梁宇翔催動油門，加速往市區近郊的一處廢棄工地奔去。

工地不大，看起來原本像是要搭建鐵皮屋之類的，四周雜草叢生，棄置了不少建材和垃圾。傅雪盈惴惴不安地下了機車，摘下安全帽，默默跟著推著機車的梁宇翔往工地某處搭了半片鐵皮的地方走。

來到鐵皮後方，梁宇翔停妥機車，摘下安全帽，眼神平靜無波地看著傅雪盈說道：「閉上眼睛，捂住耳朵，蹲在機車旁邊等我。等一下無論發什麼事聽見什麼聲音都不要出來，等我回來。」

「為什麼要這樣？發生什麼事了？」傅雪盈愣愣地問道。

梁宇翔沒有回答，而是又道：「聽話，等我回來。」說完，拎起安全帽，往外走去。

傅雪盈呆呆看著梁宇翔走遠的背影，很快又看到有幾部機車遠遠地駛來停下，然後機車上的人拿棍棒的拿棍棒，拿開山刀的拿開山刀，明顯是來幹架的。

這是什麼狀況？

難道梁天王以前是暴走族嗎？

Episode 03

刀劍亂舞的新人生活

傅雪盈遇到了人生有始以來的第一次大危機。

上一秒她以為自己踏進的是光鮮亮麗的演藝圈，下一秒就無端被捲入黑幫火拚的江湖恩怨之中。

媽媽呀，這畫風轉變得太快，她的小心臟承受不了呀！

傅雪盈蹲下身，用機車的車身隱藏自己，然後扒著椅背，偷偷探出頭往外看去。

只見梁宇翔和五個小混混已經一言不和幹起架來。

梁宇翔拎著安全帽當武器，身手俐落地在幾人之間縱橫來去。小混混們手持棍棒和開山刀，猛烈圍攻梁宇翔。梁宇翔一個旋身飛踢，踢飛從背後襲來的開山刀，同時間左手把安全帽甩向偷襲他的人。

重機專屬的全罩式安全帽分量可不普通，偷襲梁宇翔的小混混下巴被安全帽擊中，嘔出大口鮮血，痛叫著倒地不起。

同夥見狀，大吼著又衝向梁宇翔。

傅雪盈腿軟地蹲回地上。媽媽呀，哥哥呀，她該怎麼辦？

對了，報警！

她連忙從包包裡掏出手機，卻悲慘地發現手機竟然沒電了。

傅雪盈忍不住抱頭，哪有這樣玩人的啊？

不知所措的她，忍不住又悄悄探出頭去，結果正好看到其中一個小混混的開山刀劃過梁宇翔的手臂，梁宇翔的手臂頓時濺出了一潑鮮血。

傅雪盈的心臟彷彿被錘子重重擊了一下，瞬間脹痛不已，而後眼前一陣陣發黑，身體癱軟地跌坐回地上。

耳邊依稀能聽到遠處的打鬥聲，她連忙捂住耳朵，把頭埋在膝蓋間，四肢冰涼地微微顫抖。哥，你在哪裡？我不知道要怎麼辦啊？

閉上眼睛，腦海裡淨是梁宇翔受傷的畫面盤旋不去，傅雪盈越想越心驚，越想越覺得心臟好像破了一個大洞，冷風不斷往裡面灌，讓她渾身涼颼颼的。

不行！死就死吧，總之，不能放任他不管！

傅雪盈霍然睜開眼，小手握拳，下定決心從地上爬起來。

才剛爬起，就看到梁宇翔一手捂著腹部，面無表情地走回來。

傅雪盈嚇了一大跳，連忙跑過去，想碰他又不敢碰他，手足無措地問道：

「你……你沒事吧？肚子怎麼了？被刀子刺到還是被棍子打到？我看看……啊，你的手臂還在流血……誒，你別捂呀，讓我看看……叫你別捂你是沒聽到嗎？好，你想死就捂著……哇，你還真捂著！快放開，給我看一下到底嚴不嚴重，會不會死人！」

梁宇翔無言地看著突然炸毛的傅雪盈動個不停的小嘴巴。

這是哪來的管家婆？

傅雪盈才不管自己是管家婆還是黃臉婆，她氣勢洶洶地把梁宇翔拖回去，抄起包包拚命翻找裡面的東西，很快掏出了一個簡易的急救包和一捲紗布、一捲繃帶。

梁宇翔：「……」有哪個十七歲的高中女生會隨身攜帶急救用品？

傅雪盈看出他的疑惑，得意洋洋地抬頭挺胸說道：「我們童軍社有教過野外求生術，急救是基本的訓練，我們社團裡的每個人都會！」

梁宇翔：「……」這丫頭還真是以她的童軍身分為榮啊，任何時候都不忘抬出來炫耀！

可惜會是會，真的要做又是另一回事。

傅雪盈看著梁宇翔衣袖上的斑斑血跡，頭皮發緊，遲疑了一下，要求道：「你把外套脫掉，我比較方便消毒。」

梁宇翔瞥了她一眼，把外套脫掉，幸虧裡面穿的是短袖，不過手臂上觸目驚心的傷口還是讓傅雪盈的小心臟揪了幾下，不自覺問道：「很痛吧？」

梁宇翔看了看她，不說話。

好吧，她問了傻話！

傅雪盈抿抿嘴，打開急救包，拿出生理食鹽水清洗傷口，再用優碘消毒，消毒完又用生理食鹽水沖掉優碘，塗抹藥膏，最後解開紗布和繃帶進行簡單的包紮。

在剛開始清洗傷口時，她的雙手仍微微顫抖，等到開始包紮時，動作已經變得俐落。

梁宇翔挑了挑眉，挺像模像樣的嘛！

突然想到什麼，梁宇翔對「埋頭苦幹」的傅雪盈問道：「妳沒養過貓或狗吧？」否則有簡單急救知識的她不會不知道……

「沒有。」傅雪盈下意識答完，才奇怪地抬頭看他，「幹麼這麼問？」

「隨便問問而已。」

傅雪盈斜瞪他一眼，「別以為我沒養過貓或狗，就會對你虐待小貓視而不見！」

梁宇翔笑了笑，沒有再說話。

好不容易包紮完，傅雪盈吐了一口氣，然後默默看著梁宇翔。

梁宇翔也默默看著她。

兩人之間「心有靈犀」的技能尚未點亮，所以彼此的電波對不上。

傅雪盈只好看向梁宇翔的腹部。

梁宇翔會意過來，卻是說道：「肚子沒事。」

傅雪盈顯然不相信，還是固執地看著他。

梁宇翔乾脆耍起無賴，「不信妳就自己掀開來看。」

傅雪盈：「……」真無賴啊！

不過傅雪盈沒放棄，她的視線猶如X光似的把梁宇翔從頭到腳掃射了一遍，那炙熱的目光活像要把他剝光來檢查一樣。

先前那種不自在感又湧了上來，梁宇翔板起臉孔說道：「上車，歌友會要遲到了。」

如果不來幹架就不會遲到啊！

剛才為什麼不直接騎去警察局算了？

傅雪盈狐疑地瞥著梁宇翔，梁宇翔看都不看她，拿起外套擦掉安全帽上的血跡，戴上安全帽，接著把皺巴巴的外套攤開來抖開，若無其事地穿上去。

傅雪盈傻眼，梁天王竟然這麼豪邁？

「你穿這件外套騎車，會嚇到路人吧？」上面沾了不少血漬呀！

「我會盡量騎人少的路。」梁宇翔說完，又解釋道：「外套上有血，不能隨便丟，否則到時候被人撿到，可能會有麻煩，等一下再叫慕恩處理掉。」

傅雪盈：「……」慕先生真是倒了八輩子楣才會淪落到當你的經紀人！

重新跨坐上車，傅雪盈擔心地問道：「我們會不會遲到？」

「有慕恩在，有事他會解決。」

「……」慕先生是不是刨了你家祖墳，你才要這樣對待他？

事實證明，刨了人家祖墳的是梁天王，說不定他還盜了人家祖宗一千八百代的墓，因為當兩人飆車出現在舉辦歌友會的夜店Aurora的ＶＩＰ通道時，慕恩正抱著手臂，臉色鐵青地瞪著他們，那眼神陰沉得恨不得立刻把他們生吞活剝，看得傅雪盈膽顫心驚地躲到梁天王身後。

梁天王卻還是像無事人一般，對他的表情視而不見，逕自脫下外套，丟給他，什麼也沒解釋地說道：「照以前一樣幫我處理掉。」

慕恩這才看到揉得亂七八糟的外套上沾了不少血汙，陰沉的眼神多了幾分凝重。

傅雪盈不知道兩人在打什麼啞謎，看看這位，又看看那位，終於忍不住發問：「請問，讓我來這裡具體是要我做些什麼事？」

慕恩和梁宇翔對看一眼，很有默契地忽略外套的事，回到正事上。

「Leo沒跟妳說要做什麼嗎？」慕恩恢復平時一貫嚴肅的表情。

「我不認識Leo。」傅雪盈老實答道。

「Leo就是他。」慕恩指著梁宇翔。

「哦。」傅雪盈應了一聲，說道：「Leo說要我來伴舞。」

她這聲Leo叫得很順口，彷彿兩人很親近似的，梁宇翔嘴角不著痕跡地抽了抽。

「就這樣？」慕恩狐疑地看向梁宇翔。

「嗯。」傅雪盈也看向梁宇翔，難道還有什麼隱情？

「你沒告訴她是跳雙人舞？」慕恩問道。

「忘了。」梁宇翔答得既乾脆又不負責任。

雙人舞？傅雪盈垮臉給梁宇翔看。雙人舞和伴舞是兩碼事好嗎？

梁宇翔別開視線，對傅雪盈的幽怨視而不見。

慕恩似乎很習慣梁宇翔的「不靠譜」，也沒生氣，而是向傅雪盈說道：「今天只是為Leo的粉絲後援會辦一場封閉式的小型歌友會，本來安排了公司的一批訓練生伴舞，順便給他們露臉的機會，沒想到他們中午吃便當吃到不乾淨的東西，集體腹瀉送進醫院，應該是輕微的食物中毒，所以只好臨時改成雙人舞，反正早上妳已經跟Leo配合過一次，等一下再露一次臉，應該更能說服媒體相信妳是星銳準備要推出的隱藏新人。」

提到隱藏新人，傅雪盈忍不住頭痛。

這四個字簡直像唐三藏加在孫悟空身上的緊箍咒，每當聽到這四個字，她就沒蛋也疼。

當然不得不說慕先生果然是老狐狸，隨時都不放過能坐實她名頭的機會。

「可是我沒學過他的歌，也沒學過他的舞，更沒有受過舞蹈訓練，萬一不小心砸了他的招牌怎麼辦？」傅雪盈把對梁宇翔說的那套又搬了出來。

「那妳就死定了。」慕恩推了推眼鏡，鏡片反射出一道犀利的光芒。

「……」這兩人真不愧是搭檔，說話都是一個樣！

「不過，妳放心，這只是回饋給後援會的非正式突發限時表演，Leo只唱一首尚未曝光過的新歌，妳配合Leo隨興跳舞就好，不至於會砸了他的招牌。」慕恩瞥向傅雪盈，「當然，這是指妳沒在舞臺上出什麼狀況的話，四分半鐘很快就結束，沒有太多讓妳毀他招牌的時間。」

只唱一首歌就結束？這也太勞師動眾了吧？

根本是把粉絲當傻子耍，有人會來嗎？

然而，來的人超乎她的想像，星銳包下夜店的其中一間僅能容納五十人的星光廳，但是後援會的粉絲太熱情，本來只私下通知被抽中的五十名會員，結果在這五十名會員偷偷的宣傳下，竟然來了超過五百人以上。所幸經過星銳企畫部人員出面協調，才勉強多收三十人，然後發送梁天王的限量周邊精品安撫其他四百多人，把這些瘋狂的「涼粉」送走。

梁宇翔的粉絲們自稱「涼粉」。雖是涼粉，個個倒是都比煮過的冬粉和米粉還要熱情。

傅雪盈在舞臺後方拉開布幕一角偷看下面黑壓壓圓滾滾的頭，忍不住緊張了起來。

「妳在幹什麼？」

身後傳來梁天王冷淡的聲音，傅雪盈轉回頭，看到換了長袖襯衫又梳妝過的梁宇翔，不自覺愣了愣。

從兩人今天早上相遇開始，就一直像犯沖般摩擦不斷，梁宇翔又始終沒個偶像天王的正經樣子，雖然長得很俊俏，可她就是無法將他和電視上的天王巨星聯想在一起，直到現在他換上剪裁合身的白色黑領襯衫，頭髮抓過，上了清透的裸妝，渾然天成的「星味」煥發出來，她才真正意識到，站在她面前的是演藝圈裡的超級明星。

不只傅雪盈愣住，看到傅雪盈換了裝扮的梁宇翔也愣了一下。

這一天看慣了傅雪盈猶如鄰家妹妹般清新素淨的模樣，這會兒陡然看見「盛裝」的她，他有些不適應，卻也眼睛一亮。

造型師特意為傅雪盈準備了一套藍紫色的平口馬甲式短袖連身洋裝。襯得傅雪盈腰身越發纖細的馬甲雪紡上衣，連著宛如芭蕾舞裙般略微蓬鬆的雙層百褶裙，看起來既優雅又不失嬌俏。

尤其在傅雪盈旋轉身體時，裙襬會隨之飛揚擺動，像是跟著主人在空中飛翔似的，相當的亮眼，視覺效果極佳。

梁宇翔的視線落到傅雪盈露出的白皙鎖骨和胸口時，有一瞬間的怔忡，但又很快回過神，看向旁邊，心道：果然是人要衣裝！

「怎麼辦？我好像有點緊張。」傅雪盈刻意忽略兩人之間的距離感，不安地說道。

「緊張什麼？」梁宇翔看著別在傅雪盈頭髮左側的跟洋裝同色系的蝴蝶髮飾問道。

蝴蝶髮飾下方垂墜著兩條長長的細飄帶，在傅雪盈晃動腦袋時會跟著她鬆軟的半長髮擺動，把她襯托得越發俏麗。

「萬一我真的砸了你的招牌，慕先生會不會把我活埋了？」

「不會。」聽到梁宇翔這麼說，傅雪盈鬆了一口氣，可是剛放下的心，又被梁宇翔的下一句話吊了起來，「挖坑太麻煩了，他會把妳從星銳的頂樓踹下去。」

「……」這人說話就不能一口氣說完嗎？

「像早上那樣跳就好了，其他的不用擔心，一切有本大爺罩著。」

傅雪盈看了看梁宇翔的手臂和肚子，回想著他被幾個小混混圍毆的情景，不確定他能不能在舞臺上唱跳到最後一刻，不禁更加擔心了。

該不會最後得改由她領舞吧？

不過，相較於梁宇翔，慕恩更擔心的是傅雪盈。

「聽過Leo的新歌了吧？」慕恩剛才讓助理把存著歌曲的MP3播放器拿給傅雪

盈，要傅雪盈臨上陣前緊急惡補。背不起來沒關係，至少要熟悉旋律和節奏，舞步才不會踩不到拍子上。

「嗯。」

「那就沒問題了。」

不是啊，問題很大！

傅雪盈的手剛伸出去，慕恩已經低頭看著手錶說道：「好了，準備上場。」說完，瞥了旁邊的工作人員一眼，讓他去示意臺上正在暖場的主持人時間已到。

梁宇翔調試了一下耳麥和接收器，從布幕縫隙看到舞臺下方的燈光暗了下來，便轉身把手伸向傅雪盈。傅雪盈愣了愣，在梁宇翔銳利的目光中會意過來，連忙把手搭了上去。

歌曲的前奏一下，梁宇翔就拉著傅雪盈，從布幕後方以優雅的滑步帶著她在眾目睽睽之下現身在舞臺上。傅雪盈哪懂什麼滑步，幾乎是在眨眼間被梁宇翔一拽一托，又讓他托上了半空。

所幸有了早上的即興共舞經驗，傅雪盈及時反應過來，在離地前腳尖輕輕一蹬，身體就輕盈地在空中隨著梁宇翔的托舉畫了個半圓，然後輕巧地落地。

也許是察覺到傅雪盈的身體略嫌僵硬，在她落地的瞬間，梁宇翔的手並未從她腰間離開，反而是順勢把她往自己的胸前壓。傅雪盈只覺得有股沉沉的力道把自己往前推，她來不及抵抗，就被擁入梁宇翔懷中。

梁宇翔自然地傾身在她耳邊命令道：「看著我的眼睛。」

傅雪盈呆了一下，梁宇翔那溫潤富磁性的歌聲已經慢慢從他薄唇間流轉而出。與早上幫她和聲時的嗓音有些許的差異，多了幾分舒緩的慵懶，多了幾分低沉的性感，而且一點一點地敲擊著她的鼓膜，撓得她的耳朵癢癢的，心也酥酥的。

也跟舞臺下方的粉絲透過麥克風聽到的聲音不同，她幾乎是貼著梁宇翔兜轉，所以梁宇翔的歌聲對她的「殺傷力」是直接又強烈的。

不知是因為梁宇翔那句「看著我的眼睛」，抑或是被他的聲音蠱惑，傅雪盈木木地凝視著他漆黑如潭的眸子，手腳則隨著他的帶領擺動。

兩人的舞步與上午的即興演出大同小異，來來去去都是那些動作，只是被梁宇翔打亂順序重新組合，傅雪盈才能憑直覺作反應。畢竟她沒受過訓練，梁宇翔可不敢對她有所期待，所以才偷了這麼個巧。

至於傅雪盈當然是沒發現，她被梁宇翔那深情的眼神注視得暈乎乎的，直到恍惚中看到他眉頭微微皺了一下，才回過神來。

一直站在布幕後關注兩人的慕恩，表情越來越凝重，越來越深沉。

梁宇翔在換衣服的時候，他的眼角餘光不經意瞥見梁宇翔的側腹和肩膀有大片開始轉青黑的瘀血，怎麼看都是有了內傷。雖然梁宇翔保證不影響表演，但他刻意以托舉傅雪盈的方式製造舞臺效果，藉此彌補傅雪盈舞步生澀的不足，卻加速了他傷勢的惡化。

見梁宇翔額角滲出了冷汗，他朝後臺角落走去，掏出手機，按下快捷鍵。

電話那頭的人很快接起，慕恩壓低音量簡單說道：「你那邊準備好，十分鐘後我把人送過去……對，老樣子，外傷還好，內傷比較棘手。」

傅雪盈以為梁宇翔只有手臂受傷，乍看到他的不對勁，好一會兒才醒悟過來，下意識看向他的手臂，卻見襯衫的衣袖好好的，傷口沒有出血，疑惑的視線又回到他的臉上。

他依然配合歌曲的情境，深邃的眼睛定定地凝視著她。

她的心臟猛地跳了好大一下，不是因為他專注的目光，而是有血絲順著他翕張的唇角逐漸滲了出來。

又是一次托舉，傅雪盈的雙手自然地撐扶在梁宇翔的肩膀上，只聽梁宇翔的歌聲不自然地停頓了下，不是很明顯，粉絲們應該沒注意到，但她發現了，甚至在梁宇翔將她托到最上方時，她感覺到握在她腰際的手忽然用力一掐，她還來不及感受疼痛，就摔了下來。

梁宇翔很快反應過來，傾身向前，手臂繞到傅雪盈的背後撈住她。

只差不到二十公分，她就要脊椎著地了。

這麼驚險的失誤，在舞臺下方的粉絲們眼中看來卻是梁宇翔浪漫地擁抱女舞者。

傅雪盈索性雙手環住梁宇翔的脖子，將他拉下來，順著當下的氛圍，「吻」上他的唇角。不是真的吻，但在粉絲們眼中就是這樣，於是現場先是突兀地安靜了幾秒，隨即爆出了一浪高過一浪的尖叫聲。

梁宇翔也被傅雪盈的「大膽」震了一下，幸好歌曲來到了間奏，否則就犯了歌聲中斷的錯誤。而在傅雪盈離開他的臉龐，他看到她嘴唇沾上的血漬後，立刻會意過來她是在幫他掩飾。

他唱歌唱得太投入，完全沒意識到口中的血腥味。

間奏即將結束，進入最後一段副歌的前幾秒，他利用轉身背對粉絲的機會，迅速嚥下從喉嚨湧到嘴裡的鮮血。之後也不再做些費力的托舉動作，反正歌曲已經接近尾奏。

至於傅雪盈則是一直被他攬在懷中，使得她不再面對舞臺下方，避免被粉絲發現她嘴唇上的血汙。如果化妝師幫她塗的是深色的口紅，就能不被察覺殘留的鮮血，偏偏化妝師覺得她原本的唇色很粉嫩，塗口紅反而不美，便只上了層透明的唇蜜，強調妝感，以致於他的血此刻在她唇上極是顯眼。

傅雪盈靠在梁宇翔胸前，心跳宛如擂鼓，一下又一下，敲得她腦子發熱，無法思考。

直到表演結束，她像個洋娃娃般被梁宇翔拉到後臺，對上慕恩那微微瞇起的眼睛時，才打了個寒顫，回過神來。

她張了張嘴，想解釋剛才的事，想解釋她只是想幫梁宇翔，不料慕恩已經把一件薄外套丟給梁宇翔，讓他披上，然後看了她一眼，吩咐旁邊的助理幾句，就拉著梁宇翔快步離去。

慕恩的那一眼，讓她腦袋裡浮現一句話：她真的死定了！

她傻乎乎地被助理帶去卸妝換衣服，滿腦子只想著死定了，一點都沒察覺其他工作人員對她投來的古怪目光。

最後她怎麼被工作人員送回家，工作人員又跟她說了什麼話，她全都不記得。她的腳像是踩在綿花上，遊魂似的晃進家門，倒在客廳的沙發上發呆，直到突然響起的電話鈴聲把她驚醒。她連忙接起電話，話筒另一端傳來了傅雪彥的大吼聲：「傅雪盈，妳到底在搞什麼飛機？」

傅雪盈捧著話筒，心虛地答道：「哥，發生什麼事了？」

傅雪彥咬著牙，一字一頓地質問道：「傅雪盈，傅盈盈，傅小盈，原來妳說的跟那個色情偶像是清白的，竟然是這麼一個清白法，清白到都親上了，那要是不清白，是不是已經搞上床了？」

傅雪彥這是氣狠了，才會口不擇言。

傅雪盈驚悚了一下，結結巴巴地道：「什什什什麼親親親上了？」

「妳說呢？」

「哥，沒證沒據的，你可不能隨便誣賴人！」

「證據？妳要的證據已經滿天飛了。」

「什麼意思？」

「意思就是，妳和那個色情偶像接吻的照片網路上傳遍了，還有人錄了實況，這算不算證據，啊？」最後那個「啊」字語氣特別重，還透著殺氣。

傅雪盈垮下臉，這回真的是死得不能再死了……

「哥……」

「叫娘也沒用！」

「哥，這裡面有很深很深的理由，不是你想像的那樣，我跟梁宇翔真的是清白的。」

「是嗎？」傅雪彥冷冷地說道：「我相不相信妳的很深很深的理由不重要，重要的是，妳能不能說服389相信妳那個很深很深的理由！」

「什麼389？」

「色情偶像FB粉專上的389萬粉絲。」

「哥，你竟然也關注他的粉專！」

「傅、雪、盈，這是重點嗎？這是重點嗎？」

傅雪盈縮了縮小腦袋瓜兒，哥哥依然那麼精明，半點也不好糊弄。

「哥，那我現在應該怎麼辦？」

「怎麼辦？要麼妳捅死色情偶像，要麼色情偶像戳死妳！」

「這樣算不算是殉情？」

啪！電話那頭直接掐斷通話。

傅雪盈呆呆地看著話筒，哥哥到底是打電話來做什麼的？

她不知道的是，傅雪彥已經在收拾行李，準備飛回台灣收拾他那個不聽話的寶貝妹妹了。

相較於傅雪盈的悲催，事件的男主角梁宇翔身邊就風平浪靜多了。

某個看起來像簡易治療室的房間，梁宇翔靠坐在床上，一名穿著長袖白大褂的青年正在幫他做最後的包紮，嘴裡還一邊囑咐道：「幸好沒傷到內臟，否則留下後遺症就棘手了。記得這兩天別碰水，明天來換藥。」說著，看向坐在旁邊，雙臂抱胸，不知在想什麼的慕恩，提醒道：「最好這一個禮拜都別幫他安排工作。」

慕恩皺起眉，青年無奈地道：「如果你不想他以後都不能工作，儘管繼續操他。」

見慕恩勉強點頭，青年搖了搖頭，轉而對梁宇翔道：「你也是，再多來幾次，以後不用送我這裡，直接送殯儀館。」話雖重，語氣卻很輕。

梁宇翔看了青年一眼，不置可否。

「真是的，一個兩個都這樣，不管你們了。」青年收好急救箱，往外走去，把地兒留給顯然有話要說的兩人。不過，在他打開門時，身後傳來慕恩的聲音：「Allen，謝了。」

青年沒轉身，背對著兩人揮了揮手，乾脆俐落地幫他們關上門。

慕恩的視線轉回梁宇翔身上，沉沉地盯著他看了許久，始終不發一語。

梁宇翔也不是真的那麼厚臉皮，摸了摸鼻子，理虧地主動道：「下次不會了。」

「你上次也是這麼說。」

「這次是不得已的，人家都堵上門了。」

「你上上次也是這麼說。」

「以後我避開，這總行了吧？」

「你上上上次也是這麼說。」

「……」

慕恩吐了一口長氣，接著說道：「在星銳簽下你的時候，你從頭到腳，從一根髮絲到一根腳趾就都是屬於星銳的。你受傷就等於是違背合約，破壞星銳的財產。」

「你上次也是這麼說的。」梁宇翔頓了頓，又道：「上上次和上上上次也是這麼說的。」

「……你可以再幼稚一點。」

梁宇翔聳聳肩。

「早知道當初就該把你丟給別的經紀人。」

「你捨得嗎？」梁宇翔挑眉，「我可是星銳的搖錢樹。」

「嗤！你也知道你是搖錢樹！」慕恩冷笑。

梁宇翔扯了扯嘴角，臉上有幾分自嘲的之色。

在娛樂圈中，每一個藝人不過都是商品，用來娛樂觀眾的商品，所以他盡力讓自己成為最有價值的商品，獨一無二又不可取代的商品。

「明天有廣告要拍吧？不用取消，我能應付。」

「不必，一會兒我通知對方延期拍攝，我可不希望公司的搖錢樹提前折了。」

慕恩瞥了他一眼，「接下來的一個禮拜，你每天早上到公司報到上課。你的腿沒廢，走幾步路殘不了。」

「你這是公報私仇吧？」明知他最討厭坐著聽人廢話。

「是又怎樣？」

「……」

事實上，梁宇翔明白慕恩不完全是想折騰他，而是他和小新人今天發生的事，明天絕對會被拿來作文章——這時的他還不知道網路上早就傳得沸沸揚揚——，慕恩要他進公司，無非是要保護他，讓他暫時遠離風暴，尤其事關他的「桃色緋聞」，他多說多錯，不說也是錯，最好由公司出面闢謠，也能統一口徑。

想到傅雪盈，他忍不住對慕恩說道：「喂，人家還是小女生，下手別太重了！」

「你心疼了？」慕恩斜眼看他。

「我說心疼，你就會手下留情嗎？」梁宇翔回以斜眼。

「你第一天認識我？」

「早知道你沒那麼好心。」

「那你還問？」

「……」

「不過，如果你答應和項海嵐同臺一次，我可以考慮，怎麼樣？」

「下輩子吧！」

「你和項海嵐同臺，也許可以壓下你和那丫頭的事。」

「你第一天認識我？」梁宇翔把這句話還回去。

「早知道你鐵石心腸。」

「那你還問？」

「……」

傅雪盈不知道魔鬼經紀人和沒良心的梁大天王的刀光劍影，她目前處在「被害妄想」中，滿腦子充斥一個念頭，那就是「她死定了」，但到底怎麼死法，比如被梁大天王的後宮們掐死，被梁大天王的後宮們踩死，又或是被梁大天王的後宮們拈死，總之，她沒有頭緒，以致於第二天外出買飯時，她頂著大太陽，把自己包得緊緊的，還戴上口罩，就怕被人認出來。

殊不知她包越多越顯眼，尤其是連神經病都不會在三十二度的高溫下戴口罩，於是她就在路人詭異的目光中，一邊幻想著被從牆角冒出來的涼粉一刀捅死，一邊戰戰兢兢地像耗子般鑽進便利商店隨便買了個熱食便衝出來。

慕先生要她別亂跑，她當真不敢亂跑，乖乖地窩在家中。

她在家裡也沒閒著，第一時間登入FACEBOOK，把自己的帳號改成只有自己看得到，幸好她平常很少用，所以沒加什麼好朋友。接著，又轉去梁大天王的粉專，果然右上角掛著389萬的粉絲數。

明天要去經紀公司報到，她得確保自己能活著看到明天的太陽。

這要怪她的「好」哥哥，昨晚在她睡前傳了一則「恐嚇」簡訊給她，內容簡單扼要，就是警告她，萬一被欺負，要狠狠拍回去，否則以後會被人踩到底。

最後還加了一句「他傅雪彥不是孬種，也沒有孬種的妹妹」。

她想回覆說她不是孬種，她被社團老師稱讚過是勇敢又正直的好學生，只是打完字又刪掉了，因為她想起在網路上一些偏激粉絲的惡言惡語，胸口悶悶的，頓時沒了爭執的意願。

就算她勇敢又正直又如何？不懂的人還是不懂。

臨睡前，她想起前一天發生的事，腦海中一會兒浮現梁宇翔在舞臺上含情脈脈的眼神，一會兒又變成他私底下那清冷到近乎冷漠的目光，讓她不由得自言自語道：「這人真是做作啊……」

不過，以後兩人不會再有接觸了吧？發生這種事，公司應該會勒令她離天王有多遠滾多遠，畢竟她只是一個名不見經傳的小新人，還在短短不到一天之內兩次踩著天王的臉上位……這是激進粉絲罵的，還罵她藉著天王的名氣搏版面。

然而，在她下定決心日後要跟梁天王裝不熟的時候，第二天她卻在星銳的教室看到了梁天王，讓她不禁在心裡感嘆：真是孽緣啊！

一大清早，她忐忑不安地來到星銳娛樂那棟豪華氣派的二十層白色大樓前的中庭時，抬頭瞻仰了好一會兒，接著握了握拳頭，一臉準備英勇就義似的踏進了一樓大廳。所幸人來人往的，沒人注意她。

她原本以為跟梁大天王鬧了那麼一齣，會變成人人側目的對象，結果周遭的人只是自顧自地從她身邊走過，連眼角一點餘光都沒分給她。

出家門前，她打電話給慕恩，慕恩要她直接去十七樓的人事部報到，完成報到手續後，他的助理會跟她說明接下來要做的事並帶她去上課的教室，所以她搭乘電梯徑直上了十七樓。

櫃檯小姐聽她報完名字，瞄了她一眼，就撥內線通知人事部的同事。

報到手續頗繁複，先是讓她填了履歷表，又給了她幾份文件，要她帶回去看完確認沒問題後簽名。因為她還未成年，所以需要家長另簽同意書。最後還拿了一疊性向測驗表格給她填寫，她只寫到第三頁，慕恩的助理Dora就過來了。

與嚴謹的慕恩不同，Dora約莫二十三四歲，短髮杏臉，長相清秀，一進來就露出笑容，親切地跟傅雪盈寒暄，讓傅雪盈鬆了好大一口氣，她以為自己被慕恩放生了呢！

Dora陪著傅雪盈辦完剩下的報到手續，就領著她到隔壁的小會議室，交給她幾份卷宗及一個隨身碟，「這些是各門基礎課程的講義，相關的影音資料都在隨身碟裡，妳拿回家有空就自己先預習。」說著，意味深長地笑看了傅雪盈幾眼，「Mars不是可以隨便糊弄的人，他很久不帶新人了，所以……雖然說是預習，但我勸妳最好在這幾天內看完，Mars一向沒什麼耐心等人。」

傅雪盈嘴巴微張，欲言又止。

Dora微微一笑，說道：「有什麼問題都可以問，Mars就是擔心妳不懂，才讓我過來。」

她能理解傅雪盈的緊張，怎麼說她也只是個十來歲的小女生，突然之間給了她那麼多「功課」，還是她以前從未接觸過的，換了任何人都會感到手足無措，這樣的新人她見多了。

想到這裡，她給了傅雪盈一個鼓勵的笑容。

傅雪盈遲疑了一下，才小心翼翼地問道：「Mars是誰？」

「……就是慕恩。」

「哦。」

「……」也許她太「高看」這個小新人了……

傅雪盈想起慕恩叫梁宇翔Leo，現在又聽Dora小姐稱呼慕恩Mars，於是忍不住問道：「我是不是也要取個英文名字？在學校上英文課時，老師有幫我們每個人取英文名字，我能用那個嗎？」

「……這個，妳問Mars吧！」

見傅雪盈乖巧地看著她，她不死心地又問道：「還有沒有其他問題？」

傅雪盈看了看Dora，微微低頭，小聲地說道：「剛才說今天我都要在這裡上課，那中午管飯嗎？我對附近不熟，不知道要去哪裡買便當。」

Dora的笑容僵了一下，過了半天才道：「公司管飯。」

傅雪盈小小吐了一口氣，說道：「那就好。」頓了頓，又問：「也有茶吧……啊，開水就可以了，我帶來的保溫瓶只能裝0.5公升的熱開水，撐不了一天。」

「……」

最後，Dora跟傅雪盈說明各樓層的大致格局，還帶她去茶水間和廁所繞了一圈，告訴她每一層樓都是這樣，然後就領著她往七樓的教室走，一邊走一邊說：「Mars還沒安排好妳的課程，妳先跟公司的訓練生一起上課，今天早上剛好有基礎表演的理論課程，對妳來說應該不算是太困難。下午有初級的舞蹈課，妳繼續接著旁聽。」

傅雪盈抱著講義，Dora說一句，她就點一下頭。

兩人來到星銳為培訓而特意隔出的其中一間約能容納五十人的教室門口時，Dora對傅雪盈說道：「今天我都會在公司，有什麼事可以來找我。」說著，往教室裡探了探頭，在看到某人之後，又轉頭繼續道：「上課的內容有不懂的，可以在課間休息時問老師，或是……問問妳的老前輩。」

「老前輩？」

Dora伸手往教室裡比畫了一下，接著朝她曖昧地笑了笑，就轉身離去。

傅雪盈滿頭霧水地踏進教室，結果一眼就看到Dora口中的「老前輩」正坐在後排角落的位置，面無表情地看著她。

傅雪盈：「……」這到底是怎樣一段「驚天地，泣鬼神」的孽緣？

幾次在她下定決心要遠離這尊太歲時，就會無可避免地又撞上。

看來她不是被鬼神唾棄，就是被鬼神妒忌，否則她這個還在「隱藏」的小新人，怎麼會跟這個有389萬涼粉的天王三天兩頭碰在一起？

教室裡已經有一些訓練生在座，本來都偷偷摸摸地往天王那邊瞄，在發現天王往門口看過來的時候，便都跟著看了過來。

傅雪盈被看得渾身不自在，抱著講義的手緊了緊，頭垂得低低的，快步往梁大天王的方向走去。依著Dora剛才的說法，再加上梁宇翔筆直地盯著她，即使她再不情願，也不敢不坐到他身邊去。

所有的竊竊私語聲全在傅雪盈踏進教室後瞬間消失，眾人或好奇或疑惑，或驚訝或嫉妒，或冷漠或敵視的目光，都隨著她一步一步走向梁宇翔而變得深沉。

傅雪盈看也不看梁宇翔，逕自拉開他旁邊的椅子坐下，垂下頭注視桌面，不發一語。

梁宇翔的視線始終未曾從她身上移開，好一會兒，她無聲地深吸一口氣，在心裡為自己打氣，然後轉向梁宇翔，揚起大大的笑容道：「早安。」

梁宇翔端詳了一下她的臉，嗤笑道：「真假！」

傅雪盈的笑臉僵了僵，隨即九十度轉回頭，開始磨牙。還以為他們兩人經過前天的事，多少有了革命情感，沒想到這傢伙仍是那麼會拉仇恨。

梁宇翔沒再撩撥傅雪盈，自顧自趴在桌上，做他的春秋大夢。

傅雪盈把講義放好攤開，從小背包裡取出童軍社分發的保溫瓶、筆和記事本，等著授課的老師過來。等呀等，等呀等，她忍不住瞄了一圈教室裡的其他人。本來在偷看她的人，被她這麼一瞧，全都迅速轉回身裝忙。

本來對她有敵意的人，似乎在看到梁宇翔對她的嘲諷之後，表情變得和緩了些。

圈內的事一向傳播得很快，尤其是緋聞和八卦，所以在場的人幾乎都知道了有個新人和他們可望而難以企及的天王搭上了線，而且據他們各自的管道探知來的消息，能夠推測這個新人的上位有貓膩。

星銳的審查是出名的嚴格，素人不經過訓練生的系統培訓，很難出頭，甚至於即使通過培訓的考驗，也未必就能出道，因此，當一干訓練生得知有人竟然能打破公司的慣例時，心裡紛紛泛起酸水。再細細拼湊了打聽來的各種小道消息，當下得出結論：有人走後門了，而且走的還是梁天王這扇巨大的後門。

不想當將軍的士兵不是好士兵，同樣的，不想當偶像的訓練生也不是好訓練生。星銳的所有訓練生，沒有一個是缺少企圖心的，那些單純懷抱明星夢的訓練生通常在初期就會不堪沉重的磨練而被淘汰。

事實上，星銳對旗下訓練生開宗明義的第一條要求就是，他們要的是狼，而不是羊。

從星銳出去的藝人，都必須磨出能夠咬死別人的利牙和利爪。

想在殘酷的娛樂圈生存下去，只能當大野狼，不能有小綿羊的善良。

這也是星銳之所以被稱為「造星工廠」的主要原因之一，星銳出產的星辰總是比別人耀眼，比別人耐操，比別人有亮點，即便是一個小丑諧星，也能占得一席之地。

當然，也有人抨擊星銳不近人情，以致於養出的藝人或多或少都帶了些冷酷的性情。

所謂的冷酷，並非指性格高冷，而是指過於自私。例如每隔一段時間就會傳出星銳的某某藝人搶了誰的風頭，某某藝人踩著誰出線。因為都是沒有確切證據的閒言碎語，所以星銳從未出面說明，但也因此讓不少人認為星銳苛刻。

只是，不管星銳是否真的苛刻，人家的藝人占據了娛樂圈半邊天卻是不爭的事實。

剛加入星銳的傅雪盈還不能體會其間的種種糾葛，因此只當大家是對突然闖入的陌生面孔好奇，並沒有往深處想。於是，她大大方方地朝偷看她的人露出友好的笑臉，接著就低頭看講義。

這堂課的名稱叫做「表演藝術淺論」，今天教授的主題是角色形象的塑造。從成為一名合格影視演員的基本條件，談到如何藉著言行掌握角色的基調，再由各細節展現角色的性格，發揮演員的表演功底。

授課的指導講師說得淺顯易懂，傅雪盈聽得頻頻點頭，拚命做筆記。沒有演出經驗的她，不如在場部分有跑龍套經驗的訓練生感受深刻，但不妨礙她吸收基本理論，而且有講師的說明輔助，講義上寫的內容看起來也不是那麼艱深難懂了。

傅雪盈聽得相當專注投入，沒發現趴在桌上的梁宇翔偶爾會睜開眼睛打量她。

剛進入演藝圈的新人除了青澀，還有著他這個資歷不會再有的單純的熱情和幹勁。傅雪盈的皮膚白皙，臉頰上泛著尋常少女專屬的蘋果紅暈，梁宇翔看得眼神有些恍惚，依稀想起了遙遠記憶中那個叛逆飛揚的自己……

他不是因為喜歡才成為偶像，討厭束縛的他，對演藝圈沒有任何憧憬，他只是為了證明自己——藉由粉絲的掌聲來證明自己不輸給任何人。

他要讓某人後悔拋棄他……

課間休息時，傅雪盈舒了一口氣，打開自帶的保溫瓶瓶蓋，倒出熱開水，卻察覺梁宇翔在看她。她困惑地看回去，梁宇翔始終是波瀾不興的表情，她想了想，輕輕晃了晃手中拿來當杯子的瓶蓋，問道：「你要喝茶嗎？」

梁宇翔本來沒那個意思，聽她這麼一說，下意識就從她手上接過瓶蓋，一口飲盡。

傅雪盈垮臉給他看，那是她自己要喝的，她只是想著若他要喝，就去茶水間幫他倒，實在是他看起來就是個飯來張口茶來伸手的大少爺，沒想到他真伸手了，卻是朝她伸手。

梁宇翔像是沒看見她的表情，喝完還嫌棄地道：「沒味道。」

「白開水本來就沒味道！」傅雪盈咬牙。

「哦。」梁宇翔不客氣地使喚：「我不喜歡白開水，去泡杯茶來。」

傅雪盈吸了吸氣，又吸了吸氣，才壓下肚子裡的小火苗，瞪了他一眼，乖乖往茶水間走去。在人家的地盤上，面對人家的大BOSS，她決定還是識相一點。

她沒注意到的是，當梁宇翔用了她的杯子喝了她的開水時，周圍有好幾雙帶著惡意的視線飛了過來。兩人的互動在眾人眼裡非常親密，尤其梁大天王竟然用了小新人的杯子，不是說梁大天王有潔癖，絕對不用別人用過的東西嗎？

更何況，一般只有情侶會用對方用過的杯子。

於是，傅雪盈在不自覺的情況下，又給自己拉了不少仇恨值。

其實，在童軍社的時候，同社團的成員偶爾也會用她的保溫瓶和杯子，這是她們感情融洽的象徵之一，再加上傅雪盈對梁宇翔沒有半點旖旎心思，就更不會往那方面想了。

可是，她不這麼想，不代表別人不這麼想。

當她來到走廊轉角的茶水間時，已經有幾個女生在裡面了。她不認識半個人，不知道她們是不是剛才一起上課的訓練生，當下只是點頭微笑，越過她們，到裡面流理臺上方的櫃子找茶包。

Dora說每層樓的茶水間都有備茶包和咖啡機、咖啡豆，她不會用咖啡機，茶包還是沒問題的，況且，給那個任性的天王沖個茶就夠了。

傅雪盈翻找了好一會兒，才找到剩下的最後一個茶包，剛想轉身，肩膀猛然被人撞了個正著。在沒有防備的情況下，她被撞得往後倒去，一屁股跌坐在地上，肩膀和臀部痛得差點讓她飆淚。

「妳就是那個靠爬床進來的新人？」

傅雪盈聽到頭頂傳來冰冷又不屑的聲音，微微錯愕地抬起頭，卻看見五六個跟自己年紀差不多的女生正圍著自己，居高臨下地斜睨著她，眼神極為不齒，彷彿在看什麼厭惡的東西。

「我還以為長得有多漂亮，結果……連身材也像乾癟四季豆，一點看頭都沒有，真不知道梁師兄是怎麼想的，竟然會看上這種貨色！」其中一個女生嘲諷的視線落在傅雪盈平板的胸脯上。

「潔寧竟然輸給這個不知道從哪裡冒出來的小角色，太不可思議了！」

「妳說錯了，潔寧不是輸給她，而是輸給她的寡廉鮮恥。」

「說的對，潔寧不管是臉蛋或身材都比這種人好太多了，只是沒人家不要臉，不然現在在梁師兄身邊的人就是潔寧了。」

「這個小狐狸精搶了潔寧的位置！」

傅雪盈聽著她們你一言我一語的冷嘲熱諷，默默想著：這就是傳說中的霸凌吧？

Episode 04

把你的衣服脫掉

霸凌這種事很常發生，尤其是在校園裡或是網路上，但是傅雪盈在這兩個地方都沒遇過，卻沒想到會在這種時候發生。她是單純，卻不是蠢，別人是不是真的在欺負她，她還是分辨得出來。

傅雪盈沒有生氣，她默默從地上爬起來，拍了拍屁股，又整理了一下衣服，才平靜地說道：「我不是爬床進星銳的，我不知道妳們說的潔寧是誰，我沒有搶她的位置。」

當然，她確實是走後門進來的，這點無法否認。

但是指謫她爬床，這是在欺辱她，也是在汙衊梁宇翔。

「不靠爬床，妳這樣的貨色能進星銳？」罵她爬床的高個兒女生嘲諷道。

「潔寧妳過來，讓她看看什麼才叫做美女！」短髮的女生拉著一個站在她們身後的長髮女生上前，指著傅雪盈罵道：「原本要跟梁師兄跳舞的人是潔寧，潔寧是我們當中舞跳得最好的，也是最認真的，她好不容易得到這個機會，卻被妳給毀了！妳這個小狐狸精，真是犯賤！」

傅雪盈皺眉，慕先生明明是說伴舞的人集體食物中毒，才臨時要她上場的……

雖然覺得奇怪，但她沒有急著辯解，而是看向那個叫做潔寧的女生。

對方一頭烏黑的及腰長直髮柔順地披垂在身後，巴掌大的鵝蛋臉、細長的鳳眼、挺翹的瓊鼻、微紅的櫻唇，活脫脫一個東方古典美人，年紀約莫只比自己大兩三歲。

相較於其他人的義憤填膺，這個據說是被她禍害的女生反而比較和善，臉上全然沒有任何惱怒的情緒，反而因為其他人為她出頭而越發局促不安，甚至還扯著拉她出來的短髮女生的衣袖，示意她別再說了。

「潔寧，妳就是太善良了，才會被人欺負到頭上來！」短髮女生不悅地道：「再這樣下去，妳永遠都別想出道了！」

溫潔寧聞言，小臉白了白，眼眶瞬間就浮現淚光，簡直比小綿羊還小綿羊。看得傅雪盈有些無奈，差點以為自己真的欺負了人家。

她對小綿羊伸出手，極盡所能擠出和善的微笑，客氣地說道：「妳好，我叫傅雪盈。太傅的傅，白雪的雪，輕盈的盈，以後還請妳和各位前輩多多指教了。」

小綿羊驚恐地看著傅雪盈伸到她面前的手，然後低頭小小聲地應道：「我叫溫潔寧，潔白的潔，寧靜的寧，請……多多指教。」說完，也不理傅雪盈伸過來的手，逕自躲到短髮女生後面。

「妳想幹什麼？」短髮女生把溫潔寧護在後面，怒道：「妳這不要臉的小狐狸精，當著我們的面就敢欺負潔寧！不要以為潔寧溫柔沒脾氣，就以為她好欺負，有我們在，誰也別想欺負她！」

其他幾個女生也迅速聚攏過來，擺開了聲勢浩大的陣仗。

傅雪盈：「……」到底是誰欺負誰啊？

她無言地看著猶如被人家暴的小綿羊，腹誹道：不過是說句客套話握個手，妳至於像是見鬼似的躲成那樣嗎？究竟誰是前輩誰是後進？妳這麼個軟妹子又是怎麼存活到現在的？

「妳知道潔寧為了爭取這次機會付出多少嗎？她的練習時間比我們每個人都長，就算是感冒發燒也堅持不放棄，而且她從三歲就開始學舞蹈，芭蕾、國標、民族舞，甚至是爵士舞、街舞都很認真苦練。她好不容易才通過公司審核，得到跟梁師兄一起表演的機會，結果被妳這個小狐狸精搶去！」短髮女生斜眼上下掃了傅雪盈一圈，輕蔑地道：「看妳的身材和腿就知道，妳根本不會跳舞吧！」

最後那句不是疑問句，而是自帶的肯定句。

傅雪盈思索般的老實答道：「在學校裡有跳過大會舞和土風舞，我們社團去做公益表演時也有學過一些簡單的流行舞步，我的確沒有受過專業的舞蹈訓練。」

「土風舞？」短髮女生嗤地笑了出來，旁邊的人也都一臉的不可思議。短髮女生繼續嘲笑道：「土風舞也敢拿出來說，妳是哪裡來的土包子啊？真是太丟臉了！」

傅雪盈不覺得土風舞有什麼好丟臉的，於是沉默不語地看著對方。

「嘉妍，別說了！」溫潔寧拉了拉短髮女生勸阻，接著又怯怯地對傅雪盈露出了抱歉的苦笑。

徐嘉妍不悅地說：「我們有這麼多人在，潔寧，妳不用怕這個小狐狸精！」

「打架會被公司開除的！」溫潔寧急得眼睛發紅，哀求道：「嘉妍、莉亭、婉婉、信珍、欣芸，我們回去好不好？我相信她不是故意的，她可能有什麼苦衷！」

傅雪盈瞪大眼睛，誰說要打架了？不對，什麼叫做「她可能有什麼苦衷」？我半點苦衷甜衷酸衷都沒有好嗎？搞了半天，原來妳是披了小綿羊外皮的大野狼，三言兩語就挑撥起來了。

果然，徐嘉妍聽到溫潔寧的話，立刻就爆了：「潔寧，妳這個爛好人，妳就是人太好了，才會縱容這種小狐狸精在這裡耀武揚威！不行，我們不能眼睜睜看梁師兄被這個女人騙了！走，我們去梁師兄面前拆穿她的真面目！」

溫潔寧連忙安撫道：「不要這樣，萬一被她學校知道就不好了！」

傅雪盈：「……」怎麼又扯到學校了？這麼會扯，扯鈴高手呀！

「對，多虧潔寧提醒，應該通報她的學校，讓她的老師和同學都知道她的品行有多差，最好讓她退學，免得敗壞校風！」高個兒的吳信珍連聲附和道。

「我贊成信珍的話。」鄧欣芸也舉手，「要不，我們先跟慕恩先生報備，慕恩先生肯定也被蒙在鼓裡了，為了不讓慕恩先生的名譽受損，我們有責任揭發她！」

方婉婉和黃莉亭也加入聲討的行列。

「我覺得我們還可以在公司的論壇上發個帖澄清這件事的來龍去脈，幫梁師兄正名，以免梁師兄讓這個女人連累，被粉絲誤會。」

「婉婉說的對，最好能請公司的公關部發個新聞稿給各大媒體，這樣才更具有公信力，不然跟這種女人在同一個公司實在太糟心了。」

「妳們別再說了，她的爸媽知道了一定會很難過，我們不能這樣做。」小綿羊見縫插針地又補了一刀。

傅雪盈抱著手臂，歪著頭，用腳尖打起了拍子。

幾個「為公平與正義發聲」的女生說得口沫橫飛，說得口乾舌燥，這才發現傅雪盈竟然若無其事地站在旁邊觀看，連一句羞愧或歉咎的話也沒有，徐嘉妍忍不住又開砲了：「妳的臉皮真厚，難道一點都不覺得羞恥嗎？」

傅雪盈想了一秒，然後搖頭道：「不覺得。雖然我不會跳芭蕾舞，不懂爵士舞，但也不覺得土風舞有什麼好羞恥的。」

「誰在跟妳說土風舞！」徐嘉妍感覺自己被愚弄了，惱羞成怒道。

「不然是什麼？」傅雪盈一臉無辜。

「妳不應該跟潔寧說點什麼嗎？」

傅雪盈這次想了三秒，接著認真地對溫潔寧說道：「我覺得妳的演技說不定比舞技好，唱歌跳舞太浪費妳的才能了，不如考慮朝演戲發展。」頓了頓，又道：「上一屆的金馬獎女主角看起來還差妳一截，妳很有希望角逐下一屆的金馬獎。」

溫潔寧愣了愣，隨即滿臉漲得通紅，不知是羞的，還是氣的。

「妳……妳……」徐嘉妍指著傅雪盈，氣得說不出話來。

「如果妳們不介意，可以先讓我泡個茶嗎？我擔心某個任性的傢伙會等得不耐煩，一旦他生氣，就可能有人會倒楣。」不是她，就是慕先生。

說曹操，曹操到。

傅雪盈的話音剛落，「某個任性的傢伙」略顯清冷的聲音就在茶水間門口響起：「妳到底要磨蹭多久？倒個茶也笨手笨腳，是想要渴死我嗎？」

眾人被他的忽然出現嚇了一跳，除了傅雪盈之外。

傅雪盈抿了抿嘴，忍住吐槽的衝動，耐著性子解釋道：「我遇到了幾位好心的師姊前輩們，正在跟她們請教跳舞的技巧和演戲的訣竅，所以才耽擱了一下。」

「演戲？妳？」梁宇翔嗤了一聲。

「我也覺得自己沒有演戲的天分，幸好有這幾個師姊前輩願意指導我。」

「然後呢？妳學到什麼？」梁宇翔斜眼打量傅雪盈。

「當然是獲益良多。」傅雪盈義正辭嚴地說道：「遇見師姊前輩們，我才知道自己是井底之蛙，才知道原來自己還有很大很大的進步空間，尤其是這位美麗的溫學姊，她的演技非常精湛，簡直是慘絕人寰……啊，口誤，是空前絕後才對。」

梁宇翔順著傅雪盈的手指瞥去。

溫潔寧見梁宇翔看過來，淚水瞬間湧上，在眼眶中打轉，同時間宛如小媳婦般的輕聲喚道：「師兄……」那委屈的小模樣，簡直是誰見誰憐。

可惜梁大天王絲毫不解美人風情，淡淡地說了句：「看不出來。」

聞言，傅雪盈的眼睛瞪得比溫潔寧的眼睛還大，驚異地道：「溫學姊一點醞釀都沒有，說哭就哭，這麼厲害的演技，你竟然看不出來？」說著，懷疑地看了他一眼，「你不會是得了青光眼吧？」

一句話諷刺了兩個人，梁宇翔瞪了傅雪盈一眼，溫潔寧則是被傅雪盈一本正經的明褒暗譏噎得本來要掉下來的淚珠又給憋了回去，結果再次憋得滿臉通紅。

徐嘉妍等人被傅雪盈的歪理邪說氣得半死，總是強出頭的徐嘉妍率先發難：

「梁師兄，你不要被這個女人騙了，她只是在利用你！本來跟你跳舞的人是潔寧，這個女人不知道耍了什麼手段，竟然讓慕恩先生臨時換人！梁師兄，潔寧比這個女人漂亮，舞也跳得比她好，你千萬別上她的當！」

「潔寧是誰？」梁宇翔點點頭，卻冷不防問道。

傅雪盈噗哧一聲，不小心笑了出來，梁大天王真是懂得怎麼氣人。

徐嘉妍也被梁宇翔的話噎住，她們明明幫梁師兄伴舞過好幾次，沒想到梁師兄居然連她們的名字也記不住，她只好無可奈何地把溫潔寧往前推了推，「她就是潔寧，溫潔寧。」

梁宇翔看了紅著臉的溫潔寧兩眼，點頭道：「確實是比傅雪盈漂亮。」

傅雪盈立刻止住笑意，垮臉給梁宇翔看。

溫潔寧的臉更紅了，這次是害羞的。

徐嘉妍大喜，正想乘勝追擊，繼續告傅雪盈的狀，沒想到梁宇翔的一句話把她打懵了：「不過，她漂不漂亮跟我有什麼關係？」

溫潔寧愣住，徐嘉妍和吳信珍幾人面面相覷，梁師兄這是什麼意思？

徐嘉妍不死心地指著傅雪盈又道：「梁師兄，這個傅雪盈是走後門進來的，公司有這樣私德有問題的人在不太好，會拉低大家的水準，也可能會影響粉絲對我們公司的觀感。」

「哦。」梁宇翔輕描淡寫地應了一聲，接著還是那句話：「那跟我有什麼關係？」

徐嘉妍完全沒料到梁師兄會是這個態度，一時間說不出話來。

不只是徐嘉妍，溫潔寧及其他人也被這跟預想中不同的發展驚得不知該作何反應，她們怎麼也沒猜想到梁宇翔竟會站在傅雪盈那邊，難道他已經被她騙得死心塌地了嗎？

正自驚疑不定的時候，忽然又聽梁宇翔惡聲惡氣地對傅雪盈道：「妳要蘑菇多久？以為隨便說幾句糊弄的話，就能轉移我的注意力嗎？」說著輕哼一聲，吩咐道：「我要的是溫度適中的茶，太熱的不要，太冷的也不要。」

「要不要拿根溫度計來量？」傅雪盈沒好氣地撇嘴。

梁宇翔竟然點頭，「龍井用七十五度的滾水沖，白毫烏龍用八十五度的滾水，普洱用九十五度的滾水，不管是哪一種，泡完都先放涼到五十度再給我。」

傅雪盈嘴巴微張，看了看手中不知名的茶包，又看了看梁大天王，猶豫著是要把茶包丟到他臉上，還是把滾水淋到他頭上。最後，她默默把茶包放回櫃子裡，學梁宇翔輕哼，然後昂著頭，踩著驕傲的小碎步走了出去。

梁宇翔皺眉喃喃道：「這是想要造反嗎……」

兩人一前一後離開茶水間，留下幾個氣憤難當的人，徐嘉妍怫然不平地道：「這個女人真可惡，把梁師兄騙得團團轉，連梁師兄都倒向她那邊了！」

「她竟然在我們面前勾搭梁師兄，實在是太氣人了，應該請慕恩先生管管她！」吳信珍罵罵咧咧，轉而又安慰溫潔寧道：「潔寧，妳不要跟那女人一般見識，她算什麼東西，一點都不配跟妳比，她那個濁水溪和妳這個外雙溪完全沒有可比性！」

溫潔寧低垂著頭，兩側的長髮滑至兩頰前，掩去了她的面容，看不清她的表情，其他人只聽到她幽幽的聲音傳來：「可是梁師兄比較喜歡濁水溪……」

吳信珍噎了一下，連忙繼續勸道：「梁師兄那麼聰明，很快就會看清她的真面目，妳不要氣餒，現在就低頭就輸了，會讓那個女人得意的。」

溫潔寧沒反應，過了一會兒才抬起頭，臉色微白地勉強笑笑，「我知道，是我自己還不夠好，慕恩先生才會換人。以後我會更加努力練習，讓慕恩先生刮目相看。」

在梁大天王面前難得傲嬌一把的傅雪盈，不知道茶水間幾人的對話，她踩著小碎步回到教室坐下來後，心裡就像吊了十五個水桶，開始七上八下。

她那樣挑釁梁大天王，不知道他會不會用一根手指頭把她拈斃。

後腳跟進來的梁宇翔卻是若無其事地再次伸手過來，說了一個字：「茶。」

傅雪盈見梁大天王沒生氣，不由得又端起高冷範兒來，故意面無表情地道：「龍井、白毫烏龍、普洱都沒有，只有白開水，要不要隨便你！」

一遇到任性的梁天王，沒脾氣的她都會忍不住隨時準備爆發。

「哼！」

又是高貴冷豔的哼！

傅雪盈壓抑著不把白眼翻出來，在心裡腹誹道：愛喝不喝，誰理你！

梁天王卻是把手伸長，越過傅雪盈，拿起她的保溫瓶，連瓶蓋也不用，直接就著瓶口大口喝了起來。

傅雪盈瞪眼，這人真是不懂得客氣。她本來的意思是，如果他願意喝白開水，她就再跑一趟茶水間幫他倒，誰知他竟是問也不問就搶了她的東西。

看著被他喝得只剩三分之一不到的水，傅雪盈憤憤地掏出面紙，一邊擦拭被他的嘴巴沾過的瓶口，一邊拿眼睛剜他。

梁宇翔不理她，又趴回桌上，繼續完成征服周公的大業。

傅雪盈再次學他高貴冷豔地哼了一聲，往另一邊甩頭，誰知這一甩，反而讓她像是見鬼似的驚了一下。她的左邊是梁天王，右邊的位置本來是空的，現在卻悄無聲息地坐了一個人，還是她始料未及的人。

「妳好，我們又見面了。」項海嵐對傅雪盈微微一笑，讓傅雪盈的心猛地狂跳。

「你……你……你……」傅雪盈「你」了半天，也沒「你」出個下文來。

「我沒學過表演，所以來旁聽學習。」項海嵐主動解釋。

傅雪盈下意識往梁宇翔的方向看去，果然他正抬頭陰沉地盯著項海嵐，見她看來，當下把頭別開，渾身散發著拒人於千里之外的冰冷氣息。

她想扶額了，這兩個冤家一碰面，他們身邊的人便要倒楣了。

昨天傅雪盈做了「功課」，上網把梁天王的身家搜了一遍，才知道項海嵐是梁天王的超級地雷，梁天王和項天使是眾所周知的王不見王關係，更確切地說，梁天王看項天使各種不順眼，舉凡有項海嵐在的場合，他絕對不會現身，反而是不知什麼緣故，項海嵐會對梁天王釋放各種善意，還會刻意示好，只是全然得不到梁天王的友好一瞥。

不明就裡的傅雪盈是很為項海嵐抱屈的，這麼美好的一個人，梁天王為什麼看不入眼，難道是因為妒忌？還是因為他那嚴重的反社會人格引起的紅眼，見不得別人比他好？

不過，現在不是計較這個的時候，夾在中間的她，感受到了教室裡其他訓練生投來的森森敵意。每個人都在關注這邊的動靜，每個人的眼中都流露出對她的羨慕嫉妒恨——羨慕她被兩大偶像包圍的好運，嫉妒她受兩大偶像青睞的幸運，恨她能有兩大偶像親近的桃花運，完全察覺不到她此時的坐立難安。

一邊是冰冷得讓人渾身生疼的梁天王，一邊是溫暖得讓人如沐春風的項天使，避不開這種冰火兩重天的待遇，她容易嗎？

幸好這時候講師及時出現，課間休息時間結束，開始上課，她暫時可以忽視左右兩大令人牙疼的門神。她很高興能跟項海嵐近距離接觸，但前提是梁天王不在場。

想起她前天剛遇見梁天王時，她居然打算拉他去聽項天使的音樂會，當時她的腦子一定是被門夾到了，現在才會遭這兩尊門神折騰。所以說，壞事不能做，蠢事更是不能做，否則報應來得更快。

可能是有人事先提醒過，臺上的講師把梁宇翔和項海嵐當作空氣，依舊教授著表演的基礎理論，看也不看他們這邊一眼。

他不看，不表示其他人不看。

傅雪盈察覺許多人會趁講師背對臺下寫板書時偷偷觀察這邊的動靜，令她相當鬱悶，尤其是剛才在茶水間跟她有爭執的徐嘉妍幾人，那眼神像是淬毒似的銳利，恨不得把她捅穿，除了溫潔寧之外。

溫潔寧只有在最初項海嵐走進來時看了一眼，接著就全程看桌上的講義，看臺上的講師，頭沒轉過半點，彷彿是個勤奮用功的好學生，讓徐嘉妍等人又是為朋友抱不平，又是惱小狐狸精的運氣，連項海嵐都被她騙了去。

在各懷心思的情況下，好不容易熬到下課，到了中午用餐時間，距下午的課程還有兩小時左右。傅雪盈想起Dora說公司有供飯，就收拾好包包，準備去找她。

奈何左右兩邊的門神不約而同看向她，讓她動彈不得。

不僅如此，教室裡的人也紛紛看了過來，傅雪盈頓時覺得頭皮發麻。

然而，兩大門神不動，她也逃不掉，只好硬著頭皮問梁天王：「吃飯嗎？」

梁宇翔挑眉，那眼神像是在說「不然呢」。

她又轉向項天使，同樣問道：「吃飯嗎？」

項海嵐露出溫煦的笑容，表情像是在說「是啊」。

接著，傅雪盈抬頭看向往這邊投來好奇視線的眾人，笑咪咪地說道：「吃飯了。」

眾人愣了愣，當下紛紛轉開頭，拿起各自的東西，三三兩兩走出教室。

正在辦公室等傅雪盈的Dora，算好時間，準備去教室接人，不料剛下到七樓，電梯門一開，她就看到傅雪盈哭喪著臉，身後兩側還跟著梁宇翔和項海嵐。

「Dora姊……」傅雪盈彷彿看到救星，聲音含著微微的哽咽喚道。

Dora很驚訝會看到梁宇翔和項海嵐竟然湊在一起，更驚訝他們會跟小新人黏在一起，但在看到傅雪盈朝她發來的求救訊號時，滿心的驚訝都化作了哭笑不得。

要一個小新人扛住那兩位，確實太為難她了。

不過，有公司的兩大發光體在，她不方便帶傅雪盈去一樓的員工餐廳吃飯，否則不只是會引來騷動，更會為傅雪盈帶來不避要的麻煩。傅雪盈和梁天王前天的事已經鬧得沸沸揚揚，雖然對經歷過不少大風大浪的公關部而已，滅火不是太大的事，但最好還是少給他們添麻煩。

Dora看了看面無表情的梁宇翔，又看了看始終面帶笑容的項海嵐，在心裡嘆了一口氣，別說傅雪盈，就是她自己也扛不住呀！

當下她對傅雪盈打了個手勢，逕自走到旁邊用手機撥打公司內線，確定慕恩在辦公室後，就走回來對三人說道：「我們去Mars的辦公室吧，他的辦公室有休息室。」

惹不起，躲還是能躲的。

何況，也只有慕恩可以鎮得住公司的這兩大名人。

於是，她把三人領到慕恩面前去。

對傅雪盈而言，慕恩是另一尊神，可是在慕恩鏡片後方那雙犀利眼神的注視下，她沒勇氣請Dora把她帶走，畢竟慕恩是她名正言順的經紀人，因此，她只能眼睜睜望著Dora如釋重負地推門離開。

慕恩雖然年輕，卻已經是星銳的金牌經紀人，分量很重，所以與其他「半生不熟」的經紀人不同，有專屬的獨立辦公室。辦公室頗大，含附設的休息室，約二十多坪，裝潢也相當氣派大方。

他剛過濾完一些製作人寄來的企畫和電視電影的劇本，就收到了助理帶過來的三個寶貝蛋，忍不住揉了揉太陽穴，按下煩躁，說道：「便當在那裡，一人一個，拿去隔壁吃，沒事別來煩我。」

傅雪盈正想伸手去拿，就聽見梁宇翔不高興地說：「我不想吃便當。」

慕恩冷冷地駁回：「不吃拉倒，沒人逼你。」

向來和氣的項海嵐也破天荒地遲疑道：「這……沒有別的嗎？」

慕恩對待項海嵐的態度稍微和緩，但也僅是稍微，聲音依然清冷：「沒有。」頓了頓，忽然想起什麼似的，問道：「我記得這幾天沒幫你安排工作，你怎麼來了？」

項海嵐笑笑沒回答，徑直走到旁邊的茶几上拿起便當。

慕恩看了梁宇翔一眼，會意地點點頭，然後轉向傅雪盈。

傅雪盈趕緊拿起便當，狗腿地道：「便當很好，我吃便當就好！」

「嗯，妳確實吃便當就夠了。」慕恩施捨般的說道：「在妳對公司有貢獻之前，吃便當已經算是很奢侈了。」

傅雪盈：「……」這話說得好像現在的她對星銳來說是浪費資源的廢材一樣……

不過，依慕先生的作風來看，他大概是真的這麼想。

廢材鬱悶地拿著自己的便當想往隔壁的休息室走，見梁天王還是一臉陰霾地動也不動，不由得嘆了一口氣，順手拿起他的便當，在慕恩發火之前，把他也拉走。

項海嵐正要跟過去，卻被慕恩叫住，「你別太慣著他了，那傢伙就是賤骨頭，你對他再好他都不會領情，你何必拿熱臉去貼他冷屁股？你不差他什麼，沒必要遷就他。」

項海嵐垂下眼簾，一會兒才溫雅地笑道：「我樂意。」

慕恩揮揮手，懶得再勸。

「慕先生，如果梁大哥有什麼事，希望你能告訴我，我會盡我所能地幫助他。」項海嵐猶豫了一下，還是壓低音量說道。

「他一個二十好幾的大男人，能有什麼事需要你這個十幾歲的孩子幫？」慕恩沒好氣，「你別再管他了，省得他又不給你好臉色看。再這樣下去，我都要以為你對他……算了算了，你走你走，少在這裡氣我。」

項海嵐笑笑，兀自往隔壁的休息室走去。

哪知一推開門，卻被眼前的景象驚住腳步。

傅雪盈正把梁宇翔壓在牆壁上，不由分說地要去解他襯衫的釦子。梁宇翔想避開，卻被傅雪盈用腳抵著。雖然他不是推不開，但又擔心她受傷，因為她幾乎是全身快貼在他身上了。若是他用力推，她可能會被慣性勁力推得跌倒。

如今她勉強算是藝人，藝人的身體是不能有所損傷的，即使她現在還沒有工作，可是誰知道會不會明天忽然有通告砸到她頭上，他可不想讓她為了他而錯失機會。

「都跟妳說我沒事了，妳到底想看什麼？」梁宇翔不耐煩地說道。

「那天你明明吐了很多血，還敢說沒事？如果沒事，那些血是哪裡來的？你一定是受了很重的內傷，聽話，把衣服脫掉，我看看傷到哪裡了。」傅雪盈沉著臉，一邊質疑一邊又去揪他的衣服。

項海嵐聽到「吐血」兩個字，臉色大變，衝過去問道：「你受傷了？」

傅雪盈被突然一改斯文，風風火火衝上前的項海嵐嚇了一跳。

梁宇翔一見到項海嵐，也瞬間變臉，像是大雪封山似的，臉色冰冷地抓住傅雪盈的腰，使勁將她拉離自己，接著越過項海嵐，走到旁邊的沙發上坐下，悶不吭聲地埋頭啃起便當來。

真是太失禮了！

傅雪盈瞪著梁宇翔，人家關心他，他還踐上了。能被天使關注是多麼幸福的事，他竟然不領情，簡直是身在福中不知福的王八蛋！

她有些擔憂地看向項海嵐，項海嵐卻是一點都不在意梁宇翔的冷臉，仍是憂心忡忡地看著梁宇翔。

傅雪盈直為項海嵐心塞。

天使被王八蛋吃得死死的，這怎麼可以？

她踩著重重的腳步到梁宇翔旁邊坐下，重重地質問道：「他這麼擔心你，難道你就不能好好對他說幾句話嗎？」

梁宇翔漠然地看了項海嵐一眼，然後冷冷地說道：「滾！」

傅雪盈真想踹梁宇翔兩腳，「多說幾個字會死嗎？」

梁宇翔果然聽她的話，多說了一句，只是說出來的話讓她想多補他一腳：「滾！以後別出現在我面前礙眼！」

這還不如不說呢！

傅雪盈好想抓著梁宇翔的肩膀搖晃，問他到底有什麼毛病，不如說出來大家好參詳看看要怎麼治，看是要看精神科，還是看神經科。

「說點人話行不行？」

梁宇翔從善如流地又道：「你他媽給我滾遠點，敢再跟我說一句話，老子砍你全家。」

傅雪盈氣得渾身發抖，忍不住拍桌子道：「你有病嗎？」

梁宇翔輕飄飄地回了一句：「妳才有病。」

噗哧！

項海嵐不小心笑了出來。

傅雪盈瞪大眼睛。都快要被人砍全家了，天使竟然還笑得出來？

項海嵐不好意思地說道：「抱歉，我不是在笑妳。」

他只是覺得難得看到梁宇翔這麼孩子氣的一面，讓他很高興，真的很高興。

傅雪盈不知道為什麼項海嵐被人罵了還這麼高興，她感覺自己越來越不了解天使這種物種了，天使的生肖不會是屬聖母瑪莉亞的吧？

項海嵐面帶笑意，拿著便當坐到傅雪盈旁邊，開始用起餐來。

所幸梁宇翔雖然冷著臉，但沒再口出惡言，不然傅雪盈都想報警了，可是，等到回過神來，她發現自己又被兩尊門神夾在了中間。

左邊是想讓她報警的梁天王，右邊是想讓她抱緊的項天使，她再次感受到冰火兩重天的痛苦。齊人之福什麼的，不是她這種小透明能妄想的。

木然地扒了兩口飯，悅耳的鈴聲忽然響起。傅雪盈瞥了來電顯示一眼，以為又是關心她的親友團，本來想掐斷，卻見螢幕上閃爍著慕恩的名字，她立刻果斷地接起。

「過來。」

慕恩只說了兩個字就掛斷。

明明就在隔壁，幹麼特意打電話？

傅雪盈有些無言，不過，這通電話來得正好，拯救她脫離被左右夾攻的窘境。

她清了清喉嚨，說道：「慕先生有事找我，我過去一下。」說著，轉向梁宇翔，鄭重地繼續道：「我告訴你啊，你可別趁我不在就欺負人。別人關心你，你就大大方方地接受又不會少塊肉，不要像刺蝟一樣，小心以後討不到老婆。」

梁宇翔不出她所料的，又給了她一記高貴冷豔的「哼」。

項海嵐忍不住又笑了，他第一次看見有人這樣念叨梁宇翔，換作是其他人，早就被梁宇翔一腳踹到牆上了，幸好傅雪盈是女生。

「還敢哼？你的口頭禪是『哼』嗎？」傅雪盈持續婆婆媽媽地轟炸：「你說你這人是怎麼回事？身為一個389的偶像明星，就不能有389的氣度嗎？被你那389知道你欺負一個十幾歲的小偶像，你的高尚情操就要碎一地了……」

「什麼是389？」項海嵐好奇地插嘴。

「哦，就是三百八十九萬，他ＦＢ粉絲專頁的粉絲數。」傅雪盈被打斷，忘了接下來要念叨什麼，乾脆又警告了梁宇翔一遍：「說好了啊，不准再欺負人。」

誰跟妳說好了？

梁宇翔斜睨傅雪盈翕動不停的小嘴，納悶著這丫頭怎麼像個小管家婆似的這麼能念，他的脾氣都讓她給念沒了。

覺得自己震懾住天王之後，傅雪盈心滿意足了，準備要去找隔壁的那尊神報到。

項海嵐禮貌地要起身讓出通道，傅雪盈卻按住他，然後轉向梁宇翔那邊，凶巴巴地說道：「沒禮貌，看到淑女要過去，還不趕快起來！」

「淑女在哪裡？」

一句話讓傅雪盈掉了半管血。

跟這種殺傷力強大的BOSS過招，不帶奶媽真的不行，可惜她還是新手村的小光棍。

傅雪盈幽幽地對梁宇翔說道：「真想知道你媽是怎麼把這麼彆扭的你養到這麼大的，跟別人的媽比起來，你媽真是太不容易了。」

聞言，梁宇翔的表情瞬間僵住，接著慢慢垂下眼簾，臉色變得異常陰沉。

項海嵐的笑容也跟著凝固，視線從梁宇翔身上移開，不發一語。

傅雪盈正自哀怨，沒發現他們兩人的異樣，見梁宇翔沒動靜，乾脆抬起腳，很不淑女地跨過他的膝蓋，繞了出去，反正人家都不認為她是淑女了，她也就不逞強端著了。

直到她走出休息室，裡面還是瀰漫著詭異的寧靜。

慕恩不清楚休息室裡發生的事，不過他用腳趾頭想也知道不可能太和睦，梁宇翔就沒有一天看項海嵐順眼過。如果他們能夠坐下來好好聊一聊，那不是梁宇翔被穿越了，就是失憶了。

只是，他也慢慢懷疑起項海嵐是不是有「抖M」的屬性了，梁宇翔這麼冷待他，他還不屈不撓，一次又一次開開心心地去找虐，不是抖M是什麼？

傅雪盈戰戰兢兢地站在慕恩的辦公桌前，像是被惡婆婆虐待的小媳婦，低頭等待使喚。

面對慕恩這種終極大BOSS，她再多三管血也不夠用。

「妳喜歡吃甜食嗎？」

「喜歡。」

「焦糖蘋果千層酥？香蕉巧克力塔？黑醋栗果凍？」

「喜歡。」

「馬卡龍杏仁餅？櫻桃卡士達千層酥？蘋果白蘭地蛋糕捲？」

「喜歡。」

慕恩又一連問了好幾種甜點，傅雪盈依然點頭如搗蒜，而且她聽出了慕恩問的都是法式甜點，於是插嘴說道：「慕先生不用擔心，我喜歡吃甜食，你儘管買，我不挑食，什麼都吃。」

慕恩瞥了一眼往自己臉上貼金的某人，淡淡地說道：「沒人要請妳。」

傅雪盈：「……」那幹麼說那種讓人誤解的話？

「有個美食節目每週會邀請一位大明星談美食，下一集的特別來賓是梁宇翔。按照節目的企畫，每一集的大明星都要一邊介紹一邊試吃。我準備讓妳跟他搭檔，他介紹，妳試吃。在試吃的時候，鏡頭會帶妳，妳要做出像是在吃美食的表情。」

「咦？可是，我不像其他訓練生那樣有受過專業的培訓，唱歌和跳舞都不太行，演戲也不懂，這麼快就接通告，真的沒問題嗎？」

傅雪盈吃了一驚，她以為自己還要被雪藏很久，沒想到魔鬼經紀人這麼快就幫她安排工作了，難道慕先生跟那個小騮子星探一樣，都覺得她很有當明星的潛質嗎？

事實證明，她想太多了。

「嗯，妳唯一的優點就是有自知之明，所以我對妳沒什麼太大的要求和期待。」

傅雪盈扁嘴，有經紀人打擊自家藝人的八卦嗎？

「這個工作的難度不算高，妳也只有在試吃的時候才會入鏡。我剛才已經說過，那個美食節目只邀請大明星，妳連新人都稱不上，沒人會把妳放在眼裡。」

傅雪盈：「……」這話怎麼實在得那麼氣人？

不過，這種可以露臉的機會可遇不可求，魔鬼經紀人願意為她開這扇方便之門，她應該感恩戴德才對。有多少新人別說門了，可能連窗戶都找不到，傻子才會把這種機會往外推。

她不傻，但是腦海中陡然浮現某個楚楚可憐的小媳婦的臉時，忍不住犯了傻。

「公司裡有很多出色的新人，比如溫潔寧啊，還有那誰誰誰，慕先生怎麼就看上我了？」

聽到溫潔寧的名字，慕恩的眸光沉了沉，不動聲色地道：「她去找妳了？」

「就是早上一起上課，課間休息的時候，她和她的朋友『指點』了我一些跳舞和演戲的技巧。」傅雪盈輕描淡寫地揭過這件事。

其實她很想問慕恩為什麼當時會臨陣換將，還騙她說伴舞的人食物中毒，只是直覺告訴她最好不要問，慕恩可能會生氣。

慕恩意味深長地打量了傅雪盈一會兒，才答非所問地說道：「這個下午茶企畫要介紹的甜點總共有二十五種，要求特別來賓試吃，是要真吃，不是假吃，而且每個甜點至少要吃掉一半。如果主持人或製作人覺得有需要多拍幾個鏡位，可能還會要求再吃一遍。」

傅雪盈一邊聽一邊點頭，沒感覺哪裡不對。

只聽慕恩又說：「這個工作Leo一個人做不到，溫潔寧她們也不會接。」

「為什麼不會接？」傅雪盈一頭霧水，「難道甜點裡面有『加料』？」

有些綜藝節目的惡搞橋段，會安排藝人吃些加了各種奇怪東西的食物，再拍他們的表情以取悅觀眾。類似的企畫很受觀眾歡迎，卻苦了被迫要笑著吞下加料食物的藝人。

慕恩斜睨了她一眼，「節目上的甜點都是特別邀請五星級的大廚現場製作的。」

那鄙視的眼神彷彿在說「妳的腦子都裝了什麼啊」。

「那這麼簡單又能露臉的通告，為什麼其他人不接？」

「妳沒聽懂我剛才說的嗎？」

傅雪盈點頭，她當然聽得很明白，還聽出了他現在的話裡有幾分嫌棄她智商的語氣。

「甜點有二十五種，必要時還得多吃。」慕恩再次著重強調。

「所以呢？」

「女藝人都很重視自己的身材，甜點是大忌。」慕恩見傅雪盈是真的不明白，乾脆挑明了說。

傅雪盈秒懂。

「所以，這個『艱難』的工作就交給妳了，相信這次其他人不會有意見。」慕恩推了推眼鏡，「看來是我小看妳了，妳除了有自知之明，還有個『肚量』比其他人大的優點。這個優點，應該不會有人想跟妳爭。」

「……」完全聽不出來是誇獎……

她好奇地又問道：「那梁師兄不吃嗎？梁師兄不是女生，把試吃的機會讓給我好嗎？慕先生不會是跟梁師兄吵架了，才減少他的工作吧？」

「他的腸胃不太好，不適合吃那麼多甜食，而且他之後有一部電影要拍，必須保持身材。」

「……」原來她是去當炮灰擋槍的，新人果然沒人權啊！

傅雪盈想了想，又問道：「梁師兄為什麼腸胃不好？」

慕恩淡淡地答道：「現世報而已。誰叫他進演藝圈之前不好好保養身體，現在只是在自食惡果。」

真毒！

不愧是魔鬼經紀人！

「梁師兄進演藝圈前在做什麼，怎麼會腸胃不好？」傅雪盈小心翼翼地探問。

雖然她在網路上用關鍵字搜了個遍，但各路小道消息都沒有提過任何梁宇翔成為藝人之前的事，她不禁感到好奇起來。

慕恩瞥了她一眼，沒有說話。

「我記得梁師兄是十七歲的時候被發掘出道的，那時梁師兄還是高中生吧？」傅雪盈努力回想網路上看來的資料，「梁師兄念書的時候應該是住在家裡，吃穿都在家，不是吃外食，有爸媽盯著，腸胃怎麼會不好呢？難道是先天不良？」

妳才先天不良！

慕恩在心裡罵了句。

傅雪盈見慕恩始終不回答，乾脆又問起另一事：「慕先生，我覺得很奇怪，梁師兄對項天使……啊，我是說項海嵐。梁師兄對項海嵐好像有很深很深的敵意，項海嵐得罪過梁師兄嗎？」

「沒有。」慕恩這時倒是願意回答了。

「那為什麼梁師兄這麼敵視項海嵐？項海嵐那麼好，怎麼可能會有人不喜歡他呢？」

「包括妳嗎？」

「是啊！」傅雪盈坦然點頭。

「公司禁止旗下藝人談戀愛……」

「不是不是，我是項海嵐的粉絲，對他不是那個意思？」傅雪盈連忙澄清。

「既然這樣，妳該好奇的是項海嵐的事，而不是梁宇翔的事。」

「那我問項海嵐的事，慕先生會說嗎？」

「妳說呢？」

老狐狸！

傅雪盈默默腹誹。

「Leo不喜歡別人探問他的私事，如果妳不想惹怒他，最好收起妳的好奇心。」

「我也認為他會生氣，所以我才沒問他，而是來問慕先生。」

「……」

「Leo有女朋友嗎？」傅雪盈感覺還是叫英文名字順口，師兄什麼的，好疏遠。

「……」真敢問啊！

「公司禁止旗下藝人談戀愛……」

傅雪盈趕忙又打斷：「我不是那個意思，我就是覺得他的個性那麼彆扭，嘴巴那麼壞，還有反社會人格，除了那張臉能騙騙人之外，大概只有他媽受得了，我真的只是擔心他以後娶不到老婆而已，對他沒有任何非分之想。」

「……」真敢說啊！

慕恩端詳了一下傅雪盈的表情，確實沒從她臉上看出她對梁宇翔有什麼旖旎情愫，便淡然說道：「他找不找得到老婆還輪不到妳操心，總而言之，他們兩人之間的事不需要外人插手，妳管好自己的事就好。」

「我有什麼事？」

「我收到幾份投訴妳的匿名信。」

「投訴我？我有什麼事能被投訴？」傅雪盈驚異。

「很多。比如妳不尊重前輩，比如妳走後門，比如妳靠著爬床拿到工作，又比如妳不懂得謙虛、愛說謊、不知廉恥……哦，還有，太胖了。」

「……」這是小學生在跟老師告狀嗎？那個「太胖了」是誰在陰她？

慕恩靠向椅背，手肘靠著扶手，雙手在腹前交疊，輕鬆閒適地說道：「妳倒是厲害，報到第一天就得到那麼多關注，其他新人都沒妳這本事。」

「過獎！過獎！」

「沒人在誇妳。」

「……」自欺欺人也不行嗎？新人真的是沒人權！

傅雪盈掙扎了一下，問道：「那我得寫悔過書嗎？」

「妳當這裡是小學教室嗎？」

「還不是那些人太幼稚了……」傅雪盈無奈。

「沒人要妳理她們。」

「那慕先生幹麼說這個？」

「哦，就是想看看妳會不會心情不好。」

「慕先生，你腦子被門板夾到了嗎？」傅雪盈震驚。

這不是慕先生，慕先生不是這樣的人！

慕先生應該更知性更冷酷，絕對不會做這麼幼稚的事！

慕恩沒好氣地瞪了傅雪盈兩眼，看她那張臉就知道她在想什麼了。

「拿著這些滾回去吃妳的便當。」

「這是什麼？」傅雪盈困惑地看著推到她面前的一份文件。

「剛才說的那個法式甜點企畫，裡面有每個甜點的簡單資料，錄影之前妳惡補一下，不要到時候一問三不知。」

「我也要說話嗎？」

「妳是啞巴嗎？」

「……」慕先生真壞啊，逮到機會就損人……

傅雪盈抱著文件回到休息室，卻發現項海嵐不見人影。

她的眼睛迸射銳芒，看向橫躺在長沙發上，長腿交疊，一手枕著後腦杓，正優哉游哉地閉眼小憩的梁宇翔。

梁宇翔心有所感似的，睜開眼睛睨了她一眼，又慵懶地閉上。

「你是不是又欺負項海嵐了？」傅雪盈質問道。

「沒有。」梁宇翔懶懶地答道。

「那他怎麼不見了？不是被你氣跑的嗎？」

Episode 04
把你的衣服脫掉

「誰知道。」

傅雪盈沉默地盯了梁宇翔半晌，梁宇翔被她盯得渾身不自在，乾脆張開眼睛問道：「妳想幹什麼？」

「既然只剩下我們兩個人，那我們就繼續將沒做完的事做完。」

「什麼事？」

「把你的衣服脫掉。」

「……」

Episode 05
她好像喜歡上他了

傅雪盈加入星銳娛樂的第一週，是跟著其他訓練生在基礎課程中度過的，而梁宇翔竟然也天天來報到。如果是理論課程，就坐她旁邊睡大覺，期間順便使喚她端茶跑腿。

不僅如此，連項海嵐也來摻和。

被兩尊男神夾在中間的傅雪盈有苦難言，她覺得自己已經被其他訓練生的灼熱視線射得千瘡百孔了，偏偏去跟慕恩「告狀」的時候，慕恩只是「哦」了一聲就沒下文，讓傅雪盈不禁感嘆，新人不是沒人權，而是根本沒被當人看。

美食節目錄影當天，她一大早就來到公司，準備跟Dora、梁宇翔一起去拍攝現場。

普通的通告慕恩是不會隨行的，而會指派助理同行，就算是梁宇翔的通告，他也未必會跟著跑。這次的美食節目對他來說，顯然不怎麼重要，所以他讓Dora跟跑。Dora跟去，主要是伺候梁宇翔，至於傅雪盈，當然是自己動手，豐衣足食。

這幾天慕恩看梁宇翔使喚傅雪盈很順手，不知不覺也把傅雪盈當成他的小跟班。傅雪盈除了培訓課，其他時間跟在梁宇翔身邊見習也好，順便接收一下其他人的妒意，學學在刀光劍影之中怎麼把玻璃心練成金剛心。

另一個主要的原因是，非循常規簽入星銳的傅雪盈，拉的仇恨值太多，勉強和別人一起上課受訓，可能只會造成反效果。訓練生的反彈太大，對公司也不是什麼好事，不如讓雙方保持一點距離。

傅雪盈不明白慕恩的想法，只感覺梁天王很愛使喚人，與螢光幕上那個溫和有禮的形象差了十萬八千里，令她不禁在心裡吐槽，不愧是天王，演技果然精湛。

至於項海嵐，始終表裡如一。

逢人便笑，笑如春風，除了很愛上趕著去梁天王身邊找虐之外，簡直就像貨真價實的天使。也因為他太美好了，傅雪盈只敢旁觀，不敢褻玩焉。

她有膽對身價和地位比項天使高一截的梁天王造次，卻半分也沒膽對項天使鹵莽。

梁宇翔和傅雪盈的互動，慕恩全都看在眼裡，不過只是皺眉，暫時沒說什麼，倒是私下吩咐Dora看緊些，有什麼狀況立刻回報。

傅雪盈上了公司專門接送藝人的保母車，卻沒看到梁宇翔。

Dora看出她的疑惑，主動解釋道：「Leo很少坐公司車，如果不是太遠，他多半會自己騎車到錄影的地方。」頓了頓，又道：「妳應該不知道他很喜歡重型機車，平時沒工作的時候，他會騎他的重機到處跑。」

傅雪盈腹誹：我怎麼會不知道？我太知道了，我還被虐過呢！

錄影地點是在電視臺的攝影棚裡，星銳一行人到達時，梁宇翔也堪堪抵達。

傅雪盈和梁宇翔被製作單位的工作人員領去化妝室換裝，傅雪盈發現很多女性工作人員都在偷看梁宇翔，近水樓臺的化妝師尤其伺候得殷勤。她以為梁宇翔會很不耐煩，沒想到他竟然一直掛著足以閃瞎人的微笑。

所以，他是只對她不耐煩嗎？

傅雪盈撇撇嘴，無聲地罵了一句：「做作！」

梁宇翔的眼角餘光剛好瞥見傅雪盈的表情，嘴角揚了揚，臉上的笑意更深，在化妝師又一次來搭訕時，順勢為傅雪盈引薦道：「江小姐，這位是我的小師妹，還是新人，一會兒勞煩妳多照顧她。」

傅雪盈愣了一下，連忙露出甜美的笑容，狗腿地對化妝師道：「江姊，妳好，

Episode 05
她好像喜歡上他了

我叫做傅雪盈。太傅的傅，白雪的雪，輕盈的盈。請江姊多多指導和指教。」

化妝師對傅雪盈的態度就淡多了，只是客套地點了點頭。

趁著化妝師轉身時，梁宇翔無聲對傅雪盈說道：「做作！」

傅雪盈垮臉，這人怎麼那麼幼稚啊！

梁宇翔見狀，笑得更歡了，惹得周遭的女性工作人員越發興奮。

在梳化的過程中，傅雪盈就這麼看著一群女人把化妝室擠得滿滿當當，如流水般在梁宇翔身邊打轉。不是問他要不要喝咖啡，就是問他要不要看雜誌。光是問咖啡就問了至少五次以上，卻沒半個人來問她要不要喝白開水，這差別待遇……

四處跑來跑去打點的Dora，中途過來確認梳化進度，察覺到傅雪盈哀怨的目光，便趁著旁邊沒人的時候，笑著對她解釋道：「妳要體諒她們，除了電視電影、唱歌和廣告之外，Leo已經很多年不接綜藝節目的工作了，一般人很少有機會近距離接觸他，所以她們才會那麼熱情。」

「既然這樣，為什麼慕先生接了今天的美食通告？」

「原因我也不是很清楚，好像是前幾天Leo本來有個廣告要拍，不知道為什麼

Mars臨時決定延期，為了彌補案主，就接受案主提議的這個美食通告。聽說這個節目的製作人跟那位案主是好朋友，案主大概是因為這樣，就幫製作人和Mars牽線吧。」

傅雪盈微愣，一會兒反應過來，肯定是梁宇翔受了傷，為了讓他養傷，慕先生才會去協商延拍那支廣告。

想到這裡，她忍不住看向梁宇翔，心想：他的傷應該好了吧……

梁宇翔也正好看過來，兩人的視線對上，瞬間又各自彈開。

傅雪盈不知道自己為什麼會避閃，就是莫名有些心虛。

心虛什麼？

她一時也說不上來。

梁宇翔只是轉開一下，很快又轉了回來，表情若有所思。

在正式開始拍攝前，一男一女兩位主持人先主動與梁宇翔和傅雪盈寒暄，活絡氣氛，培養默契，當然，更多的是跟梁宇翔互動，誰讓傅雪盈是來做布景板的。

傅雪盈今天唯一的任務就是笑著吃甜點。

Episode 05
她好像喜歡上他了

製作單位還特別要求她盡量做出各種好吃的表情，同時提醒若是吃到不喜歡的甜點，也請用演技敷衍過去，總而言之，就是要讓觀眾看起來覺得美味可口。

早就做過功課，看過甜點名單的傅雪盈，信誓旦旦地拍胸脯保證絕對使命必達，而且演都不用演，名單上所有的甜點她都喜歡，完全沒有討厭的。

她那副「信我者得永生」的凜然表情，招得製作人好奇地問她，她到底討厭什麼食材做的甜點，實在是能用的材料全在上面了。

傅雪盈糾結了好一會兒，最後毅然決然道：「苦瓜！」

剛好從旁邊經過的梁宇翔噗哧一聲，惹來傅雪盈的瞪視。

製作人囧囧地道：「那傅小姐可以安心了，今天的甜點裡絕對沒有苦瓜。」

這集的主題是法式甜點啊！

「這麼愛吃甜食？」梁宇翔抽空靠過來問她。

「只要是女生都愛甜食。」

「哦……」梁宇翔拉長了尾音，視線從她的小肚腩掃過，曖昧地說道：「難怪我抱妳的時候，可以深刻感受到妳的『分量』。」

雖然他這句話是壓低音量說的，卻還是被耳尖的Dora聽到。

她和傅雪盈的目光是同時甩向梁宇翔的，但前者是驚詫，後者則是磨牙。

傅雪盈知道他說的是之前在舞臺上他托舉她時的事，Dora卻是明顯誤會了，不過傅雪盈和梁宇翔都沒留意到她的側目，仍舊一來一往地相互調侃奚落，態度十分自然，但是自然得讓Dora嗅到了一絲不尋常。

她暗暗記下，預備回公司再向慕恩報備。

接下來的拍攝非常順利，傅雪盈啃到第十五個甜點時，距錄影結束約莫剩下三分之一的時間。而儘管已經嗑了十五個甜點，還幾乎大部分都嗑完，傅雪盈依然面不改色，笑得很甜，不輸甜點的甜。

梁宇翔不自覺微微蹙起了眉頭，擔心她是在逞強，便暗自對主持人示意，希望能夠稍事休息，他得確認某人的腸胃是不是跟她的腦子一樣正常。

節目是預錄的，不是現場轉播，暫時中斷並不會有太大的影響，只要不耽誤錄製下個節目就沒問題，所以拍到某個段落後，導播便依他的意思喊停，讓大家休息十五分鐘。

梁宇翔在眾目睽睽之下，拉著傅雪盈走到攝影棚旁邊的休息室，Dora連忙跟了上去，卻被梁宇翔擋在門外，「我有事交代她，妳先在外面等。」說完，也不管滿臉疑惑的Dora，逕自關上了門。

門一關上，傅雪盈的笑容立刻消失，小臉皺成了一團。

梁宇翔面色沉沉地從順手拿進來的隨身包中拿出一個小藥盒，取一顆白色的藥片遞到她嘴邊，語氣不悅地命令道：「張嘴，吞下去。」

傅雪盈的胃正脹得不舒服，頭昏昏的，沒氣力問是什麼東西，直接就著他伸過來的手，一口把藥吞了進去，接著尋了張椅子坐下，兩手撫在小肚腩上，臉色有些蒼白。

「那是消食藥，吃下去會讓妳好受一點。」

「嗯。」

梁宇翔在她身邊坐下，閉上眼睛，像是在歇息。

房間裡很安靜，兩個人都沒說話。

過了一會兒，梁宇翔睜開眼睛，說道：「等一下妳不用出去了，就在這裡休息，等錄影結束再跟車回公司。」

傅雪盈呆了呆，趕緊說道：「不用不用，我能行！我現在已經好多了，那個藥非常有效，我的肚子不痛了！」

「妳還肚子痛？」梁宇翔皺眉，他以為她只是吃太多不舒服。

「沒有沒有！一點都不痛！」傅雪盈的頭搖得像波浪鼓。

開玩笑，好不容易錄到過半，怎麼能夠前功盡棄？

那她前面的苦難豈不是白受了？

更何況這是她的第一份工作，絕不能功虧一簣。

「是工作重要，還是身體重要？」梁宇翔的臉色沉了下來，語氣強硬地道：「總之，妳不用管錄影了，我會去跟製作單位溝通，剩下的我來就行了。」

「不可以，這本來就是我的工作，前半段都有我入鏡，後半段我突然消失要怎麼連戲？你是在為難製作單位，你不能這麼霸道！」傅雪盈反駁。

「接下來怎麼拍是我跟製作單位的事，跟妳無關，妳給我好好休息就對了。」

「不可以，你不能搶我的工作，這是我的工作！」傅雪盈激動地抓住梁宇翔的袖子控訴，眼神相當堅決，表情相當堅定，「你跟我不一樣，你是天王，我只是一個還沒出道的新人，你要改戲人家會認為你有理，可換作我，絕對會被說是耍大牌，我不想被誤會，也不能被誤會！這是慕先生給我的機會，如果沒做好，以後可能再不會有機會了，我不要這樣！」

「妳就那麼想當明星，甚至犧牲自己的身體也在所不惜？」梁宇翔冷冷地質問。

「我沒想過一定要當明星，也不想把身體弄壞，但換成別的事，我還是這個態度。」傅雪盈認真地道：「果敢堅忍，勇於負責，遇事絕不退縮，這是我們童軍一貫秉持的精神。」

「他媽的狗屁精神！」梁宇翔爆了句粗話。

門外的Dora急得團團轉，梁宇翔和傅雪盈單獨共處一室已經很引人遐想，不料她擔心的曖昧沒發生，卻是差不多快上演全武行了。

她貼在門板上聽了好一會兒，本來想著若是兩人在這種時候做出什麼兒童不宜的舉動，她就破門而入及時阻攔，誰知讓人臉紅心跳的呻吟聲沒聽見，而是隱隱約約聽到他們互相叫囂的爭執聲。

無論是曖昧或吵架都不好，吵架會讓人捕風捉影說星銳旗下藝人互有心結。

然而，隔著門板，她聽不清裡面的人究竟為了什麼事爭吵。

梁宇翔和傅雪盈不知道有人正趴著門板在聽，兩個人僵持了大半天，誰都不肯先退讓。一個想著「這個不聽話的小壞蛋」，一個想著「這個不聽人說話的大壞蛋」。

最後，梁宇翔陰沉沉地瞪傅雪盈一眼，起身往外走去，決定來個武力鎮壓。把小壞蛋鎖在休息室，看她還能怎麼造反。

小壞蛋像是忽然點亮了「心有靈犀」技能似的，從椅子上跳起來，然後猶如火箭般飛射出去，從後面抱住梁宇翔，抱得緊緊的，抱得牢牢的。

「放手！」大壞蛋說。

「不放！」小壞蛋說。

「放手！」

「不放！就是不放！死也不放！」

「……」

梁宇翔深吸了一口氣，沉著聲音警告般的喚道：「傅雪盈！」

傅雪盈輸人不輸陣，拔高聲音大吼道：「梁宇翔！」

結果梁宇翔沒嚇到，門外的Dora嚇到了。

媽呀！不會是要打起來了吧？

Dora連忙掏出手機，調出慕恩的號碼，正想按下去，手指又停頓在半空中。沒有確切的證據就打擾慕恩，萬一最後是烏龍一場，慕恩不知會怎麼整她……

門外的Dora很糾結，門裡的形勢也很糾結。

梁宇翔想扳開傅雪盈的手，反而被她摟得更緊。

傅雪盈的臉埋在梁宇翔的背上，感受著他身上陣陣蔓延而來的溫熱，聲音悶悶地說道：「慕先生說你以前把腸胃弄壞了，我不一樣，我的腸胃還很強壯，再吃十五個也沒問題。」頓了頓，又委屈地說：「你不能吃沒關係，我幫你吃。」

她的話讓梁宇翔停止了拉她的動作，半晌都沒說話。

兩人緊密貼合著，傅雪盈獨特的少女馨香一點一點侵蝕著他的思緒，軟軟的身體貼著他的背，令他的心似乎也不知不覺軟了下來。

見梁宇翔被自己說動，傅雪盈忙摟得更用力。

片刻，梁宇翔才淡淡地道：「我不吃不是因為我腸胃不好，是因為我不喜歡吃甜食。」

傅雪盈：「……」不早說，真是浪費她的感情啊……

就在這時，敲門聲響起。

「時間到了，你們好了嗎？」Dora在門外喊道。

梁宇翔轉頭對後面的小壞蛋說道：「放手，要開始錄影了。」

「那你帶不帶我？」小壞蛋固執地威脅，「不帶我去，這輩子我都不放手！」

「帶！小祖宗，我帶還不成嗎？妳可以放開了。」

傅雪盈滿意地鬆手，笑咪咪地道：「早這樣不就皆大歡喜了。你說，你一個大人跟小你那麼多歲的人計較，可不可恥？丟不丟人？幸好這裡只有我們兩個在，你放心吧，我絕對不告訴別人。」

梁宇翔：「……」果然是個得寸進尺的小壞蛋！

看到梁宇翔和傅雪盈「平安無事」地走出來，臉還是臉，Dora簡直快喜極而泣，她的工作終於保住了，這年頭工作不好找啊！

錄影開始之前，梁宇翔特意和製作單位協調，說是接下來他也會加入試吃。旁邊的傅雪盈聽到，愣了愣，上前想插嘴，卻被梁宇翔瞪了回去。

梁天王當然比小新人更有號召力，製作單位欣然同意。

然而，你有你的張良計，我有我的過牆梯。

習慣了前半段拍攝節奏的傅雪盈，在後半段的錄影過程中，總能掐準時機，搶在梁宇翔剛說完話的下一秒抄到甜點，並用比前半段拍攝時更甜蜜的笑容把甜點嗑得津津有味，彷彿在吃什麼頂級美食一樣。

兩位主持人見小新人搶鏡，幾乎要用眼神把她剜斃了。

傳聞都說星銳的藝人愛搶戲，原來真的是這樣！

如果傅雪盈知道主持人的心聲，肯定覺得自己冤死了。

她明明是愛護自家師兄的好師妹，為了師兄的健康，她連命都豁出去了，這師妹當得這麼鞠躬盡瘁，她容易嗎？

可惜，道高一尺，魔高一丈。

剩下最後三個甜點時，梁宇翔乾脆在介紹的過程中直接把甜點拿在手上，半點機會也不留給某個虎視耽耽的小壞蛋。結果，在鏡頭看不到的地方，小壞蛋的眼睛幾乎快冒出青光了。主持人看得心驚膽顫，就怕新人為了搶鏡頭不擇手段。

星銳娛樂果真是殘酷的戰場，新人為了搶工作，竟然能對前輩這麼無禮。反觀梁宇翔，絲毫不介意小新人明目張膽的挑釁，不愧是有王者風範的天王。

傅雪盈沒冤死，旁觀錄影的Dora卻是冤死了。

她把主持人、梁宇翔和傅雪盈三方的互動看在眼裡，不一會兒就把主持人的想法摸了個七七八八。這個小新人根本是活動的人形殺器，不過是一個小通告，便把星銳的招牌給拆得零零落落。

後面再沒有上鏡頭機會的傅雪盈，像個小寡婦般滿臉幽怨地看著梁宇翔。

Dora想撓牆了，就算沒入鏡，周遭也有那麼多雙眼睛在盯著，該端的氣度還是得端著，否則立刻就會被人拿來作文章，這是身為藝人該有的基本自覺，但是很顯然傅小朋友尚未點亮這個基礎技能。

她已經可以想像回公司後，慕恩知道這件事時的魔鬼臉。

公司才剛幫傅雪盈擺平之前她和梁宇翔的「桃色緋聞」，難道就又要面臨她和梁宇翔「師兄妹鬩牆」的危機嗎？

雖然他們很樂意看到兩人盛傳的曖昧關係不攻自破，卻不希望是用另一樁醜事來洗白。以毒攻毒是最不明智的做法，對哪一方都沒好處，壞處最後全落到星銳自家。

梁宇翔從容地介紹完最後一個甜點，錄影接近尾聲，傅雪盈幽幽地作稱職的布景板到最後一刻，攝影師連一個鏡頭都沒再施捨給她

兩位主持人圓滿了，梁宇翔也圓滿了，至於傅雪盈圓不圓滿，那就是她自己的事了。

主持人還趁機以開玩笑的口吻邀請梁宇翔參加為學生量身打造的暑假美食特輯，梁宇翔笑著把皮球踢給公司，說是他非常樂意，全憑公司安排。

當然，老練的主持人也知道這種官方回答等於沒戲。

錄影結束後，梁宇翔剛從椅子上站起來，主持人就熱絡地靠過來跟他握手，還徵詢他的意見，說是提供法式甜點的飯店負責人正在休息室，想跟他打聲招呼，不

知是不是方便。

由於後面沒有其他工作，寒暄兩句不耽誤時間，梁宇翔便點頭答應。

身為小跟班，Dora和傅雪盈跟在他身後往休息室走去。

可是，才剛踏進休息室，梁宇翔就猛然停下腳步，久久定住不動。

傅雪盈奇怪地問道：「怎麼了？怎麼不走了？」

梁宇翔沒回答，一動也不動。

傅雪盈和Dora對視一眼，傅雪盈乾脆從梁宇翔身後探出頭往裡看，卻看到裡面的項海嵐對她微微一笑。那笑容煥發的光輝，一如往常「普照」她這個小透明，讓她不自覺也笑彎了眉眼。

笑完了才發現項海嵐身邊有個身穿藍色OL套裝的短髮貴婦人也正對著他們這夥人微笑。傅雪盈覺得那婦人的長相有些眼熟，卻想不起來在哪裡看過。

不過，這不重要，重要的是，每次梁天王一見到項海嵐就會大雪封山，她連忙朝他看去，果然梁天王的臉色陰沉得不能再陰沉，難看得不能再難看，那眼神還凶狠得像要吃人似的。

Dora心中的警鈴再次響起。

才剛度過師兄妹鬩牆的危機，就又要面對師兄弟不和的糾葛嗎？

她趕緊對傅雪盈擠眉弄眼，要她趕快去扛住，然後藉口有事相談，把領他們進來的工作人員帶了出去。

傅雪盈呆了呆，跑過去把門一把關上，還上了鎖。

她明白Dora的意思，在自家公司裡怎麼鬥都沒關係，千萬不能鬥到外面讓人看笑話。只是，她發現這次梁天王的神情不太對勁，比前幾次跟項海嵐照面時更冰冷，冷得連她都有幾分發寒。

休息室裡很安靜，誰都沒說話。

過了好一會兒，項海嵐的笑容也慢慢落了下來。

他面色有些凝重地對傅雪盈道：「妳能先出去嗎？我們有事要談。」

傅雪盈看了看梁宇翔，點頭道：「好。」

「不用，該出去的是我。」梁宇翔冷冰冰地道，說完轉身抬腳往回走。

「哥！」項海嵐叫了一聲。

哥？傅雪盈張大嘴巴。這劇本是怎麼回事？寫錯了吧……

梁宇翔停下腳步，背對著幾人冷笑道：「我是獨生子，你少亂認親戚。」

「哥，媽很想見你，所以……」

「你又弄錯了，我媽在我出生的時候就死了，我沒有媽媽。」

聽到梁宇翔冰冷又惡毒的話語，貴婦人的臉色刷地變得蒼白，身體像是支撐不住般的晃了晃，項海嵐忙伸手去攙扶。

傅雪盈目瞪口呆，現在是什麼情況？不會是像她想的那麼狗血吧？

「別再用這種卑劣的手段見我，我沒有兄弟，沒有媽媽，以前沒有，現在沒有，以後也不會有。」梁宇翔冷冷地說完，開門大步離去。

「宇翔……」貴婦人的淚水迸出眼眶，哽咽地喚道。

可惜梁宇翔已經像一陣風般消失在門外。

傅雪盈的臉比貴婦人還苦，心中的小人伸手朝梁天王吶喊：師兄，Leo，天王，回來呀，你怎麼能把你可愛的小師妹忘了？快回來把她帶走，你不承認的兄弟和來路不明的媽，她全都扛不住啊！

貴婦人低聲啜泣，項海嵐輕聲安慰，傅雪盈……傅雪盈硬著頭皮轉向他們，僵硬地說道：「我……我什麼都沒聽見，你們就當我不存在，你們隨意，我先走了，再見。」說完，不等對方應聲，拎起裙襬就往外跑。

可惡的梁大少，咱們的樑子結大了！

Dora看到傅雪盈風風火火地跑出來，連忙問道：「沒打起來吧？我看到Leo臉色不太好看地走掉，他不是又跟Steven吵架了吧？」

「Steven是誰？」

「……就是項海嵐。」

「哦。」傅雪盈張了張嘴，又閉上。她猜想Dora可能不知道梁宇翔和項海嵐「疑似」兄弟的事，否則不會看到那個「疑似」梁媽媽的貴婦人卻沒反應。想了想，她敷衍地道：「沒事了，我們回公司吧。」

她得趕快去找魔鬼經紀人報告這事，依慕先生精明的程度，肯定沒有他不知道的事。

Dora也想找慕恩「告狀」，她還是覺得梁宇翔和傅雪盈之間有貓膩。

於是，兩人一到公司就直奔慕恩的辦公室。

慕恩見她們臉上各自寫著「皇上，臣妾有急事稟報」的大字，便知道下午的工作泡湯了，當下把文件往前一推，往椅背倒去，挑眉道：「說。」

「我……」

「我……」

Dora和傅雪盈不約而同開口，又不約而同顧忌地看向對方，顯然想說的話都不希望對方聽到。

「妳——」慕恩把桌上的文件推向傅雪盈，吩咐道：「把這三份資料分別送去企畫部、公關部和網宣部，送完再回來。」

三個部門都在不同樓層，跑腿需要花點時間，這分明是要先支開她。

傅雪盈點點頭，拿起文件就走了出去。

一路上她滿腦子想的都是梁宇翔、項海嵐和神祕貴婦人的事，完全沒意識到Dora要說的事跟自己有關。如果不是跟她有關，為什麼要顧忌她？

等她跑完腿，再回到慕恩的辦公室時，Dora已經不在，慕恩的表情還是沒什麼變化，依然是一絲不苟的正經模樣，所以她沒聯想到Dora把她和梁宇翔可能有「不可告人的一腿」的事告訴了慕恩。

慕恩打量了一下傅雪盈，怎麼看都不像情竇初開的樣子，當下不動聲色地問道：「有什麼事，說吧。」

傅雪盈正想開口，又擔心她想錯，也許慕先生不知道這事，結果躊躇了半天，一個字也沒說出來。這是梁宇翔的隱私，或者她應該先徵求他的同意再告訴慕先生？

慕恩見傅雪盈欲言又止，忍不住疑竇暗生，難道她要說她和Leo真的有一腿？萬一兩人確實好上了，那他要不要趁機以這丫頭違反合約為由，直接跟她解約，省得她老是給公司帶來麻煩……

在兩人各懷心思的情況下，辦公室陷入了詭異的安靜氛圍中。

不知過了多久，傅雪盈決定採取迂迴戰術，先試探，再出擊。

「那啥……慕先生，這只是假設，真的只是假設，你別多想。」傅雪盈握了握小拳頭，在心裡給自己打氣，「假設梁師兄看項海嵐不順眼是有原因的，而這個原因不能被別人知道，但是只要解決這個原因，他們可能會和好，只是這個原因是梁師兄的隱私，跟公司無關，那慕先生會想要解決這個原因嗎？」

慕恩聽著傅雪盈顛三倒四說著莫名其妙的話，鏡片後的眼睛慢慢瞇了起來。

「誰跟妳說他們是兄弟的？」

「……」原來人家早就知道，她又白白浪費感情了……

慕恩非常意外傅雪盈竟然會得知這個被埋藏多年的事，他不指望能夠隱瞞大眾一輩子，卻也沒想到會這麼快洩露出去。他明白梁宇翔很忌諱這事，不可能自己說出去，但又不覺得這丫頭會神通廣大到有管道打聽，她也沒理由去打聽這事。

「今天錄影結束的時候，提供甜點拍攝的贊助商說要跟梁師兄見面，結果我就看到項海嵐和一個穿得很漂亮的貴婦……」

「妳看到他們的媽媽了？」

「原來她真的是梁師兄和項海嵐的媽媽？」

「……」

把這個消息賣給八卦雜誌，肯定能賣很多錢！

Episode 05
她好像喜歡上他了

傅雪盈眼睛閃閃發亮。

慕恩斜眼看她，她打了個激靈，連忙收回妄想，乖乖低頭站好。

就某方面來說，魔鬼經紀人的氣勢比梁大天王還有過之而無不及，甚至她因為與梁大天王認識的經過比較特殊，以致於她無法把他當天王巨星看，還常常捋他虎鬚，但是慕恩不一樣。

慕恩最初給她的印象就是氣場強大的地下BOSS，眼鏡後面的那雙眼睛就像X光，能夠看透對方的想法，讓她在他面前就會不自覺矮半截，就像老鼠見了貓。

「Dora不知道吧？」慕恩問。

「不知道，我不敢跟她說。」傅雪盈猛搖頭。

「還不笨。」

「……」這是變相在說她笨嗎？

傅雪盈扭捏了一下，最後還是鼓起勇氣問道：「那……梁師兄和項海嵐真的是兄弟嗎？」

「還以為妳不笨。」

「……」不能說人話嗎？

「好了，妳可以出去了，沒事就去練唱練跳，少操心不相干的事。」

傅雪盈瞪眼，竟然這麼簡單就想打發她？

「慕先生，梁師兄……梁師兄沒事吧？剛才他很不高興。」

「他哪天是高興的？很正常。」

你到底是不是他的經紀人啊？

傅雪盈為梁天王抱不平。

「那……我去跟梁師兄聊聊，聽他發洩發洩，他心情可能就好了。」

慕恩瞥她一眼，不置可否。

傅雪盈以為他是默認，開心地往外走，走到門口又轉回來，問道：「梁師兄不在公司。」

「嗯。」

「我不知道梁師兄的手機號碼。」

「嗯。」

Episode 05
她好像喜歡上他了

「我也不知道他住哪裡？」

「嗯。」

「……」

傅雪盈見慕恩已經埋首在公事中，完全不理她，她有些洩氣，垂下頭往外走。走了幾步，身後傳來慕恩冷淡且隱含警告的聲音：「傅雪盈，離梁宇翔遠一點，他不是妳能惹得起的人。」

傅雪盈愣住，停下腳步，好一會兒才說道：「我沒有那個意思。」

「是嗎？」

接下來的半個多月，傅雪盈都沒在公司遇見梁宇翔，對她而言很不正常，但她同時也明白這才是正常情況。聽說沒必要的時候，梁宇翔從不進公司，有工作的時候都是直接去現場，而且她只是個還未正式出道的小透明，與高高在上的天王是兩個世界的人。

直至見不到面，她才意識到，他真的是遙不可及的人氣巨星。

同樣的，她也沒再遇見項海嵐。

她的生活過得很平靜，平靜得近乎平淡。

每天兩點一線，家裡、公司往返，早出晚歸，大半時候都在公司受訓。

唱歌從基礎呼吸、發聲開始，跳舞更是從基礎中的基礎向下扎根。

舞蹈老師說她的動作很死板，只是動作，沒有靈魂。說她的肌力、腿力和柔軟度都不行，連何時該出力何時該放鬆都不懂。還說她太在意數拍，結果反而讓動作更呆滯僵硬，但同時又說她拍子不穩，要她必須時時注意拍子。接著要求她每天跑步，每次至少跑二十分鐘，訓練肺活量、體力和耐力。

最後，她被要求從零開始。

不僅如此，她還得上正音課、說話課等等。

培訓課程很充實，她心裡卻莫名空落落的，像是破了個小洞，冷風慢慢灌進來，不時涼颼颼的，偶爾上課不小心走神，還會遭受老師嚴厲斥責。

她的程度確實與其他訓練生相差太多，偶爾與他們一起上課時，更能感受到彼此的差距，連之前「霸凌」過她的小綿羊溫潔寧和徐嘉妍等人，舞蹈底子都比她紮實太多，她是根本沒底子可言。

現在她才體會到她們為什麼會對她那麼不憤，如果這是在網路遊戲中，那她就是該被GM清理掉的bug。

而不知是幸或不幸，自從梁宇翔和項海嵐不再出現在她身邊後，其他人對她這個bug的敵意減少了許多，頂多有些人在背後嘲弄她。所幸她不是太玻璃心的人，否則碎了一地，保准扎得她們生疼。

這天，結束上午的發聲課程，午休時間她獨自到一樓的員工餐廳用餐。

來了快一個月，連半個閨蜜都沒有，Dora也忍不住對她搖頭。

她只是笑笑，女人的嫉妒不是那麼容易消除的，尤其是因為男人而起的。

端著托盤揀了個靠窗的角落坐下，傅雪盈一邊安靜吃飯一邊抬頭看餐廳前方大尺寸液晶電視正在播放的娛樂新聞。關注演藝圈的各種消息，成了她每天必做的功課之一。

扒了兩口飯，螢幕上正在播報的一則新聞吸引了她的注意力。

「昨日傍晚，偶像天王梁宇翔結束巴黎的廣告拍攝工作返台，據工作人員爆料，梁宇翔與女主角姚采晴互動親密，收工後還一起吃飯，甚至有人看到疑似姚采晴的女人進入梁宇翔下榻的飯店房間……」

傅雪盈定定地看著新聞剪接的梁宇翔與姚采晴的拍攝花絮，畫面多是兩人相視而笑的親暱模樣。那樣的笑容，是梁宇翔私底下不會有的。

雖然她和梁宇翔的接觸也就那麼幾次，但她就是知道他不會那樣笑。

她覺得會在她面前爆粗口的他，才是真實的他。

「原來他去法國拍廣告啊，難怪一直沒看到他……」

傅雪盈低喃，低頭再扒了一口飯。

其實，就算他不是出國工作，她也看不到他。

又一次，她感受到兩人的距離有多遠。

「今天的飯真難吃……」

傅雪盈放下筷子，一隻手擱在桌上，托著下巴，意興闌珊地呆望著窗外的花草。

下午的舞蹈課是和其他訓練生一起上的，但傅雪盈的程度太差，老師讓她自己一個人到旁邊去練習基本舞步。她已經習慣了，戴上耳機就走到角落開始拉筋。動作要漂亮，筋就得拉開，尤其是腳。

中場休息時，徐嘉妍刻意從她面前走過，小聲地譏刺道：「認清自己的身分了吧，像妳這樣的狐狸精根本配不上梁師兄！看看，梁師兄已經看透妳的真面目，理都不理妳，自食惡果了吧！人家姚采晴不知道甩妳幾條街，叫妳再爬床，哼！」

溫潔寧拉了拉徐嘉妍的衣服，勸道：「嘉妍，別這樣，她已經知道自己錯了。我們是同期的好夥伴，應該互相勉勵才對。」

傅雪盈笑著搖了搖頭，繼續聽她的拍子，律動她的手腳。

這一天下課前，她又被老師訓了一頓話。她過於注重拍子，結果又發生同手同腳的窘境，簡直像個新手，雖然她確實是新手。

聽說很多訓練生在簽入星銳之前，都有上過專業的舞蹈或唱歌等才藝課程，有的人還學習超過十年以前，所以雖然是訓練生，卻很少有像她這樣完全沒有基礎的菜鳥。

傍晚她在員工餐廳用完餐後，一個人找了間沒人用的練習室對著整面牆的落地鏡子練習。先從每天的「作業」開始，俯地挺身、仰臥起坐，每兩拍一下，然後暖身、拉筋、劈腿，接著才開始複習今天舞蹈課教的新舞步。

得益於每天跑步的效果，她覺得自己能堅持的時間越來越長，至少已經能不中斷地完程一套基礎動作而不再氣喘如牛，但也僅止於此，她的進步還是不夠快。

晚上九點，慕恩特意繞過來看她練習，不過什麼也沒說，看了十來分鐘就收工下班了。

其實在看到慕恩的時候，她有股衝動想問他梁宇翔的事，後來還是忍住了。他之前說的那句話猶如一根刺，牢牢地扎在她的心中，怎麼也拔不去。

『傅雪盈，離梁宇翔遠一點，他不是妳能惹得起的人。』

慕先生是為她好，她知道的，她真的知道。

所以她假裝無所謂，認真投入培訓課程。

練得狠了，腦子轉不動了，也就什麼都想不起來了，包括某人。

晚上十點，她躺在地板上喘氣。她的體力仍是差同班的訓練生太多，若是其他人，現在應該還能活蹦亂跳，而且每當她體力開始透支的時候，就又會出現同手同腳的狀況，難怪老師常會氣得說想砍她手腳。

手機鈴聲忽然響起，她疑惑地抓過去看來電顯示，然後滑了下螢幕接起。

「盈盈，妳在哪裡？」

「哥，我還在公司練舞。」

「怎麼練這麼晚？練完了嗎？哥去接妳，妳一個女孩子走夜路太危險了。」

傅雪盈愣了愣，連忙問道：「哥，你回來了？」

「是啊，本來想給妳一個驚喜，沒想到妳竟然不在，真是太傷哥的心了。」

傅雪彥其實半個月前就想飛回台灣，可惜其他團員死活不放他走，堅持要他一起走完預定的表演行程，還勸他女兒大了就放她自由飛吧，她有自己的想法了，結果他氣得踹了團員們一人一腳。

什麼女兒？明明是他的寶貝妹妹！

然而，他這麼一說，又被團員多了留幾天。

只是妹妹，又不是嫁女兒，那就更不用急了。

幸好接下來傅雪彥沒再看到寶貝妹妹跟色情偶像有任何緋聞傳出，否則他第一個殺爆他那幾個損友兼兄弟，再回來斷色情偶像的子孫根。

「哥！」傅雪盈被傅雪彥那可憐兮兮的語氣逗笑。

「盈盈，我開車去接妳，妳在門口等我，哥半小時後到。」

「哥，我想再多練一下，好不容易才抓到感覺呢！」

「不行，太晚了。」

「不用擔心，公司有保全，我在這裡很安全。」傅雪盈頓了頓，問道：「哥，要怎麼改掉同手同腳的問題呢？我已經很注意了，但還是會不自覺就變成同手同腳。」

「這……哥沒這種經驗。」傅雪彥皺眉。

「……」得！對她哥這種不止運動萬能，同時也是舞林高手的人來說，同手同腳這種深奧的問題太為難他了。

切斷通話後，傅雪盈從地板上爬起來，深呼吸一口氣，戴起耳機，面對鏡子，數著拍子，把剛才那套舞步又拾起來。這次只堅持了半小時，就因體力不堪負荷而坐回地板上。

她垂下眼簾，慢慢喘勻呼吸，不記得剛才有沒有同手同腳，因為她的腦海裡不斷盤旋著中午在電視上看到的梁宇翔和別的女星說笑的畫面。

她分心了。

越是想專心，梁宇翔的身影越是往她的腦袋裡鑽。

『傅雪盈，離梁宇翔遠一點，他不是妳能惹得起的人。』

她知道，她真的知道，可是她一時間沒辦法將他的身影從腦子裡抹掉。

這人真壞，說來就來，說走就走，完全不管別人的心情，果然是任性的天王！

傅雪盈再次爬起來，閉上眼睛，緩緩回想著兩人初次在舞臺上共舞他將她托舉的情景，回想著他引領她旋轉的情景，回想著他攬著她滑行的情景。

她想不起當時她有沒有同手同腳，只記得被他拉著手扶著腰，感覺很安心，也跳得很開心。不用管拍子準不準，不用管腳步穩不穩，也不用管姿勢對不對。那時她想著，原來跳舞是這麼好玩的事。

傅雪盈慢慢睜開眼睛，默默數著拍子，起步旋轉，接著往上跳了起來。

然而，她太遷就想像中的動作，忘了這時候根本沒人扶著她，她少了支撐點，以致於施力完全不對，結果剛起跳就極其狼狽地摔了下來。

等到傅雪盈反應過來時已經著地，左腳腳踝瞬間傳來鑽心的刺痛。

她一屁股跌坐在地板上，手抓著腳踝，緊咬著下唇，額頭滲出了細密的冷汗。

「哥，盈盈好痛喔……」

腳痛，心也痛。

傅雪盈的頭埋在兩個膝蓋之間，強忍著不知是腳的痛楚，還是心的痛楚，悶悶地呢喃著。

不聽人說話的大壞蛋，怎麼可以說走就走，好歹聽她說說話啊！

至少聽她說一句。

聽她說……

她好像喜歡上他了。

「哥，怎麼辦？盈盈該怎麼辦……」

雖然他愛凶她，愛使喚她，嘴巴又壞，一點都不體貼，可是她偏偏對他動了心。

等到看不見了，摸不著了，她才發現自己有多想念他那張冷淡的面孔。

等到看不見了，摸不著了，她才發現自己有多想念他罵她的任性和傲嬌。

她不喜歡看他在鏡頭面前假笑，她會心疼。

她更不喜歡看他對別的女人假笑，她會心痛。

傅雪盈深深地吸了一口氣，然後對著空無一人的練習室大吼道：「梁宇翔，你這個大笨蛋，我最討厭你了！」

最討厭你了！

都是你害我腳痛，都是你害我心痛……

「妳才是笨蛋。」

聽到門口傳來的熟悉嗓音，傅雪盈愣住，呆呆地轉頭看去。

昏暗的廊道燈光下，映出了一條修長的身影。

對方慢慢走了進來，在她面前蹲下，再次罵了句：「妳才是笨蛋。」

Episode 06
星空下的呢喃愛語

看到意想不到的人出現，傅雪盈有些惚恍，似乎分不清是做夢還是現實，結果一時間說不出話，只是傻傻地看著來人。

不過半個多月不見，她卻覺得好像隔了好久好久，久到再次見面，恍如隔世。

梁宇翔盯著傅雪盈紅腫的腳踝，眉頭皺得很緊，當下生氣地又斥責道：「我才離開幾天，妳就把自己弄殘了，真是個小笨蛋！」

就說不能放她離開他的視線，否則她下次得把手也傷了。

傅雪盈被罵得回過神，理直氣壯地反駁道：「不是我自己弄的，是你害的！」

梁宇翔瞪她。

這個小壞蛋又開始胡說八道，三天不打，準備要上房揭瓦了！

「除了腳，還有沒有哪裡受傷哪裡痛？」梁宇翔耐著性子問道。

「沒有。」還有心痛。傅雪盈在心裡說了句。

「真的沒有？」

「沒有。」

「那妳為什麼不敢看我？」

傅雪盈瞪他。

「這就對了，我認識的小丫頭明明是個小壞蛋。」

你才是大壞蛋！傅雪盈繼續瞪他。

梁宇翔嘴角微揚，一隻手臂繞過她膝下，一隻手臂繞到她後背，以公主抱的方式將她抱了起來。傅雪盈嚇了一跳，連忙抓住他胸前的衣襟保持平衡。

「怎麼還是那麼重？」梁宇翔嘀咕。

傅雪盈的眼睛瞪得更圓了。

「哈哈哈！」梁宇翔大笑，胸口微微震動。

傅雪盈驚了一下，這是她第一次看他笑得那麼開懷。之前他總是很冷淡，就算是笑，也只是淺笑或是隨便扯扯嘴角，而且或多或少帶著些嘲弄之意。

梁宇翔對傅雪盈驚奇的目光視而不見，抱著她走到桌邊把她放下，讓她坐在桌上收拾自己的隨身物品，然後他去關燈，再大大方方地重新抱著她走了出去。

這次傅雪盈是真的驚悚了，趕緊說道：「把我放下，萬一被別人看到就糟了！」

「這麼晚了，公司沒人。」

「誰說的？保全還在呢！」

「跟我在一起有那麼見不得人嗎？妳幹麼擔心被保全看到？」

傅雪盈把白眼翻出來給他看。

她是那個意思嗎？

幸運的是，梁宇翔抱著傅雪盈一路穿過走廊，搭電梯下樓，下樓後走過大廳，保全可能去上廁所什麼的，不在座位上，於是兩人沒被其他人看到，除了二十四小時的全天候監視器之外。

不過，只有在公司發生重大事件的時候才會由高層主管調閱監視器的錄影，而一男一女玩玩公主抱的小清新什麼的，不在此列。

梁宇翔把傅雪盈放到他的重機椅背上時，傅雪盈大大地鬆了一口氣，惹來梁宇翔似笑非笑的一瞥，然後他又被她瞪了。

接過梁宇翔遞來的安全帽，傅雪盈的心情有些複雜，忍不住說道：「如果這次我們再遇到亂七八糟的人，你就直接騎進警察局吧！」

結果換他瞪她。

梁宇翔發動機車引擎的時候，傅雪盈抱住他的腰，問道：「我們要去哪裡？」

「把小笨蛋載去賣掉。」

傅雪盈覺得梁天王去了一趟巴黎回來，情商有沒有增加不知道，但是智商好像有弱化的跡象，否則怎麼整晚都在說傻話呢？

於是，她高貴冷豔地回了一句：「我只賣藝，不賣身。」

梁宇翔在心裡感嘆：小壞蛋果然還是那麼傻，都已經上了賊船，連人帶藝都是別人的，誰還問妳賣藝或是賣身呢？

夏日的夜風很涼爽，傅雪盈摟著梁宇翔的腰，全身貼在他寬闊的背上，感覺特別踏實，也特別安心。與上次坐他車的心態不同，那回她在心裡偷偷腹誹，這回她在心裡偷偷甜蜜。

梁宇翔微微側頭往後瞄了一眼，眼底浮現幾分淺淡的笑意。

這半個月來，他在巴黎工作時有時會想起傅雪盈，而一想起她，就會忍不住笑。笑什麼呢？他也不知道，就是覺得這丫頭挺有意思的。哪裡有意思，具體說不上來，只是到後來，想她的次數越來越頻繁。

連工作中看著姚采晴時，偶爾也會不自覺把姚采晴跟傅雪盈拿來比較。

比如，姚采晴對著他時，永遠只有笑得魅惑的一號表情，不像傅雪盈想嘟嘴就嘟嘴，想瞪眼就瞪眼，對他一點都不客氣，也不會像其他女藝人那樣對他小心翼翼甚至是討好，而就是這樣的不客氣，讓他特別想念她。

她的不客氣，令他的感情有了連他自己都察覺不到的變化。

若慕恩知道他是這種心態，應該會告訴他：這叫做犯賤。

機車轉了幾個彎，從市區轉進郊區，兩側的住戶越來越少，偶爾才有路燈，四周黑漆漆的，傅雪盈完全不清楚他們要去哪裡，下意識把梁宇翔摟得更緊。她以為他會送她去醫院，但這種偏僻的地方不可能建置醫院。

「冷嗎？」梁宇翔回頭問道。

「不冷。」傅雪盈回答，卻在他背上蹭了蹭，貼得越發密合。

過了一會兒，機車慢慢減速，停了下來，原來前方有個警衛亭。

梁宇翔的車頭燈閃了兩下，裡面一個保全模樣的人走了出來，看了看梁宇翔，便朝他點頭，對他做了個手勢，讓他通過。

機車駛過警衛亭時，傅雪盈特意往裡看了一眼，裡面有兩個高頭大馬的保全正在看監視器，顯然梁宇翔要帶她去的地方是私人產業。

越過警衛亭後，兩旁依然是黑幽幽的一片，不過機車只騎了幾分鐘，就在一幢三層樓的歐式獨棟別墅前方停下。梁宇翔沒有立刻下車，而是對著別墅按了幾聲喇叭。由於周圍相當安靜，所以喇叭聲在暗夜之中特別清晰刺耳。

傅雪盈頗無言，梁天王真是到了哪裡都一如往常地囂張。

別墅裡很快走出一名長相清秀，穿著白大褂的青年。看到梁宇翔，他臉色不豫地說：「難道你不能至少有一次是先打電話通知的嗎？只有你敢在我這裡按喇叭。」

「這樣不是正好？聽到喇叭聲就知道是我來了。」梁宇翔滿不在乎地說道。

「你不知道我這裡還有其他病人嗎？」

「不知道。」

「……Mars呢？」

「誰知道。」

這個我行我素的王八蛋，真想戳死他啊！

青年沒好氣地問道：「這回又是哪裡受傷了？腿？還是腦子？」

梁宇翔不理他，從機車上下來，接著轉身把後座的傅雪盈抱了起來。

青年這才發現竟然還有個小嬌客。

被梁宇翔抱在懷裡，傅雪盈小臉通紅——羞愧的。

她是來求醫的，梁天王卻一副「天老大，他更大」的唯我獨尊模樣，她不由得眼含歉意地對青年點了點頭。

青年也微笑地對她頷首打招呼，若有所思的目光在她臉龐流連一會兒，然後意味深長地對梁宇翔露出曖昧的古怪笑容。

梁宇翔視而不見，抱著傅雪盈逕自越過他走進別墅裡，而且熟門熟路地抱她拐了兩個彎，來到一個只有單人床、桌子、椅子和飲水機的房間。青年已經跟在後面進來，打量了傅雪盈幾眼，問道：「腳受傷了？」這話問的是梁宇翔。

「腳踝。」梁宇翔沒解釋來龍去脈，只是簡單回答。

青年像是很習慣他的作風，也沒多問緣由，坐在床邊就撩起傅雪盈左腳的褲管，果然腳踝又紅又腫。他輕輕按壓了幾處，傅雪盈痛得嘶了幾聲，倒抽幾口涼氣，小臉微白。

「Allen，你按輕一點！」梁宇翔不悅地道。

「你是醫生，還我是醫生？」青年沒好氣地斜睨他，「我壓根兒沒出半點力，她的腳踝扭到了，本來就會痛。去去去，閃遠一點，別在這裡妨礙我看病！」

「我出去抽根菸。」

「你明明就不抽菸。」

「囉嗦！」

「小花在隔壁。」

聞言，梁宇翔往外走的腳步停頓一下，接著幾步就消失在門外。

「小花？」傅雪盈好奇地問。

「Leo撿的流浪貓，自己沒時間照顧，就養在我這裡了。」青年一邊低頭察看她扭傷的狀況，一邊搖頭抱怨道：「這傢伙根本把我這裡當免費的收容所，什麼都往我這裡帶。」

傅雪盈的臉又紅了，青年瞄了她一眼，笑道：「不是說妳。」

傅雪盈的臉更紅了。

「我檢查一下妳的韌帶受傷程度，可能會有點疼，妳稍微忍忍，很快就好。」青年溫聲說完，就抬起傅雪盈的左腳掌輕輕轉動幾個方向。

傅雪盈疼得額角滲出冷汗，嘴唇都咬白了，痛叫聲勉強咬在嘴裡。

雖然過程只有幾秒鐘，她卻感覺像經歷了一輩子那樣的疼。

「還好，沒事，韌帶沒斷。」青年笑了笑。

「……」她都疼得想問候人家爸媽了，這還叫沒事？

「妳的小腿骨腓骨連接距骨的前距腓韌帶拉傷了，所以有瘀血和腫脹的現象，一會兒我幫妳冰敷。妳回去之後，一個禮拜內盡量抬高休息，不要走路。一定要下地的話，記得腳跟先著地，然後用拐杖支撐著。當然，能不下地就不下地。」青年絮絮叨叨提醒道。

傅雪盈像隻溫馴的小羊兒般頻頻點頭。

青年又笑了，他以為Leo喜歡的是知性、成熟的女人，沒想到會是這樣的萌少女！

傅雪盈見青年開始低頭忙活，便主動問道：「請問……梁師兄很喜歡貓嗎？」

「我姓谷，谷千帆，過盡千帆皆不是的千帆。有的人會直接叫我的英文名字Allen，Mars和Leo也是這麼叫的。」谷千帆答非所問地自我介紹，頓了頓又道：「妳可能很好奇為什麼他們習慣叫英文名字，因為我跟他們是在國外認識的。妳可能也很好奇為什麼我跟他們會在國外認識，不過我不會告訴妳的。」

「……」其實她真的對他們三人的事不好奇，她好奇的是貓……

谷千帆見傅雪盈欲言又止，便自以為了然地說道：「不用擔心，我有醫師執照的，只是我治的都不是正常的病人，而是不能曝光或是有特殊背景的人，所以Leo才會帶妳來我這兒。」

「……」我是每天活得堂堂正正、光明燦爛的好孩子。

谷千帆瞥了表情複雜的傅雪盈一眼，再次自以為明瞭地說道：「我沒治死過人，那些人送來之前已經死了，與我無關，妳真的不必擔心。」

「……」本來你不說這句話我還不擔心，現在我開始擔心了。

「原本我以為Leo還要當好幾年和尚，沒想到那麼快就帶女朋友過來。」谷千帆停頓了一下，奇怪地問道：「妳看起來腦子不壞，怎麼會喜歡他呢？」

「……我不是他的女朋友。」但她沒否認最後那句話。

「他喜歡妳，妳喜歡他，卻不是男女朋友？」谷千帆的目光又變得古怪起來，然後嘆了一口氣，感嘆道：「現在的演藝圈真是太亂了，感情都能拿來隨便玩玩。」

「……我們沒有隨便玩玩。」你能用地球人的邏輯好好說話嗎？

谷千帆側頭想了想，說道：「這倒是。如果Leo只是隨便跟妳玩玩，就不會帶妳來這裡了。可是，妳不是他女朋友，他為什麼要帶妳過來？」

「……」我是來治療腳的……

谷千帆幫傅雪盈整好冰敷袋，突然又說道：「哦，我懂了。」

傅雪盈等了大半天，谷千帆卻沒再說下文，讓她很想撬開他的腦袋，看看這人的腦漿是不是藍色的。用地球人的邏輯說話真的有那麼困難嗎？

「所以，妳也知道Leo和項海嵐的事嘍？」

「……」這個「所以」是怎麼來的？「因為」跑哪兒去了？

不等谷千帆繼續發揮他的神邏輯，傅雪盈連忙追問道：「他們兩個人是同母異父的兄弟對嗎？」一個姓梁，一個姓項，又有同一個母親，答案昭然若揭。

「妳不是知道嗎？怎麼還反問我？」谷千帆驚訝，隨即會意過來，「原來妳是在套我的話啊！不愧是Leo的女人，跟他一樣壞心眼。」

「……」就跟你說不是了！

正當傅雪盈以為得不到答案時，谷千帆突然開啟「往事回憶模式」，開始自顧自地娓娓道來：「Leo的母親在生下Leo之後，就跟Leo的父親離婚了，後來改嫁給項海嵐的父親。Leo對於他媽拋下他很不諒解，尤其看到他媽對於項海嵐的事事必躬親，還經常跟著項海嵐到處跑，這讓他很不是滋味，也因為這樣，他的個性才會變得那麼陰暗、彆扭、自大、孩子氣，又不聽人家說話。」

「……」看來你對梁宇翔真的有很深很深的怨念……

「所以，Leo老是撿些流浪貓、流浪狗、流浪龜什麼的來我這裡養，他大概覺得自己就像牠們一樣都是被人拋棄的，因此特別同情憐惜牠們。」

「……」真是生動的比喻啊！那流浪龜是怎麼回事？

傅雪盈歪頭疑惑地道：「可是，我曾經過看梁師兄虐待貓咪。」

「妳知道『甲基黃嘌呤』嗎？」

神邏輯又來了！

傅雪盈老實地搖頭。

「嗯，這樣才正常，不然我都不知道妳是醫生還我是醫生了。」

「……」她已經放棄眼前這人的邏輯了。

谷千帆從「往事回憶模式」切換到「高深莫測模式」，一本正經地道：「巧克力含有一種叫做『甲基黃嘌呤』的物質，這種物質通常存在於咖啡因和可可鹼當中，越苦、越純的巧克力所含的『甲基黃嘌呤』越多。有人說，吃巧克力可以減輕疲勞，那是因為可可鹼也算是一種中樞神經興奮劑，可以活絡大腦皮質，降低疲勞感。可是一旦攝取過多，也會對人體有害。」

傅雪盈心裡的小人抱著手臂，用腳尖打起了拍子。

「妳有在聽嗎？」

「有。」只是沒聽太懂。

谷千帆又道：「可是，巧克力裡面的『甲基黃嘌呤』對於貓和狗來說卻是致命的毒素。貓和狗的身體無法快速代謝掉『甲基黃嘌呤』，就算經過二十四小時，體內至少還是有半數以上的『甲基黃嘌呤』在流竄，嚴重影響血液流向大腦的速度，使得貓和狗出現噁心、嘔吐、腹瀉、心律不整、抽搐、痙攣等等的症狀。這就是所謂的巧克力中毒。嚴重的話，貓和狗會心臟衰竭而死。」

最後那幾句話突然讓傅雪盈靈光一閃，她好像懵懵懂明白了什麼。

「前不久Leo告訴我，他在幫一隻流浪貓催吐時，被一個女孩子撞見。」

谷千帆這麼一說，傅雪盈立刻恍然大悟，她誤會梁宇翔了！

「Leo才不屑欺負貓啊狗啊烏龜啊這樣的小動物，太沒成就感了，他只會欺負人，那樣才能滿足他那自大的陰暗心理。」

「……」還真是不忘隨時抹黑他啊……

「不過，Leo的母親確實理虧。」

谷千帆陡然切回「往事回憶模式」，令傅雪盈有些無語。

「如果放不下，當初就不該一走了之，竟然還在生了別人家的孩子，才回過頭來想演認親復合的戲碼。只要Leo腦子沒被門板夾到，都不可能毫無芥蒂地接受。上一代有上一代的無奈，但禍延下一代就是不該。」谷千帆淡淡地說道：「沒有人天生就是冷漠的，看Leo那自大自傲自我自尊的爛性格就可以知道他的母親對他造成的傷害有多大，帶給他的陰影有多深。」

「谷教授」繼續剖析某人的糟糕性格：「Leo那麼自大，是因為他自卑。被母親拋棄的遭遇，讓他非常介意別人同情他憐憫他，而為了不收到那樣的眼光，他努力讓自己變得強大，變得無堅不摧，藉以掩飾他那顆敏感脆弱的心。」

「Leo還在念書的時候，十分叛逆，蹺課、打架樣樣都來，得罪了不少幫派的小混混，還經常跑警察局。他爸是生意人，整天忙得不見人影，不太管他，也不想管他，他們父子的關係很冷淡。他爸不諒解他媽，對兒子也疏遠。Leo的童年沒有母愛，沒有父愛，他是自己一個人摸索著走過來的。所以，他有權利不接受他媽，他有權利選擇自己要過的生活。既然當初沒有，現在他寧願不要。」

偏偏動心

傅雪盈呆呆地聆聽著，胸口泛起微微的疼痛。

她像旁人一樣只看到梁宇翔光鮮亮麗的一面，卻不知道他有那麼不堪回首的過往。

她以為他的自尊自傲是他的光環和地位堆砌起來的，卻原來是被迫築起的保護色。

「說穿了，Leo不過是缺乏愛罷了，才會那麼彆扭。」谷千帆話鋒一轉，絮絮叨叨抱怨起來：「可是，那是以前。現在的Leo，純粹就是個自大的渾球罷了。完全聽不進別人的話，每次叫他過來前要打電話，他從來沒有一次聽進去，還隨便把流浪貓、流浪狗、流浪龜帶來，真當我這裡是慈善收容所嗎？」

傅雪盈覺得這位擁有神邏輯的醫生，很有婆婆媽媽的特質。

也不知梁宇翔對他造成了多大的傷害，帶給他多深的陰影……

谷千帆還想再說，傅雪盈連忙插嘴道：「那項海嵐呢？項海嵐應該算是裡面最無辜的人吧？」

聽到她的話，谷千帆的神情突然有些古怪，他瞄了傅雪盈兩眼，問道：「難道妳是項海嵐的女朋友？」

「……」她幾乎要對谷千帆的神邏輯跪下了，這是怎麼得出來的結論？

「也是，妳的年紀和項海嵐比較接近，配Leo倒像是他老牛吃嫩草、痴漢吃蘿莉了。」谷千帆自言自語般的喃喃吶吶。

傅雪盈一口氣猛地卡在胸口，上不去下不來。

痴漢吃蘿莉？

地藏王菩薩啊，請您暫時放下地獄，先來渡一下這位怪叔叔吧，他真的非常需要您的渡化，他……他腦子有病呀！

「還是……」谷千帆忽地正了正神色，試探地說道：「妳跟Leo、項海嵐是現在很流行的三角關係？Leo是正宮，項海嵐是小三？」

「……」她能叫救護車嗎？這裡有人需要掛急診……

「說起來，我比較贊成妳把項海嵐扶正，他的性格比Leo好太多了，斯文有禮貌，長得不比Leo差，錢也不比Leo少，又比Leo年輕，怎麼看都是一支績優股，聽說他還是台灣目前唯一一個拿到蕭邦國際鋼琴大賽冠軍的人。妳看看，這麼一比，有眼睛有腦子的人都會選項海嵐。」

「……」她就是沒眼睛沒腦子，真是抱歉啊！

「妳知道Leo有多不自量力嗎？他什麼事都喜歡偷偷跟項海嵐比，最初聽說這個異父弟弟很會彈鋼琴，竟然就偷偷也找名師學，死都不承認自己比他差。妳說，這是不是很幼稚？」

「梁師兄會彈鋼琴？」傅雪盈驚訝。

「是啊，但他不讓別人知道。」

「那醫生你怎麼知道的？」

「因為我是醫生啊！」谷千帆一副理所當然的模樣。

「……」請問這兩者之間的邏輯是……

哦，她忘了這人的邏輯跟地球人不一樣，她不能太較真。

「那梁師兄的鋼琴彈得好嗎？」她也開始閒扯淡。

「這……」谷千帆張了張嘴，有些遲疑。

傅雪盈微愣，難道她問到梁宇翔的痛處了？否則醫生怎麼一副難以啟齒的樣子？

「對不起，我說錯話了。」她迅速找準位置道歉。

谷千帆下定決心似的壓低音量說道：「告訴妳也沒關係，但是妳不要跟別人說喔！」

這就是世界上不存在祕密的主要原因，一切都是從「我告訴你，但是你不可以跟別人說喔」開始的。

傅雪盈堅定地點頭，她堅持維護梁宇翔的名譽和尊嚴。

谷千帆嘆了口氣，搖頭惋惜地說道：「Leo的鋼琴彈得很好，不輸業餘好手，雖然比不過項海嵐這種專業級的，但如果不是行家來聽的話，可能會以為Leo是職業級的。」

「……」可以不要嚇人嗎？

「唉！」谷千帆再嘆，「老天爺果然是公平的！」

傅雪盈等了半天，又沒等到下文，她覺得她那根名為理智的神經出現了裂痕。

老天爺真的是公平的，像這樣的奇葩醫生，就只能醫不尋常的人。

而且，跟他瞎扯了半天，她竟然沒有翻桌，她覺得自己又進步了一點點。

「對了，我們剛才說到哪裡？」谷千帆感嘆完，忽然問道。

「……項海嵐。」

「哦，對，項海嵐。」谷千帆又問：「項海嵐怎麼了？」

傅雪盈深吸了一口氣，說道：「梁師兄不太喜歡項海嵐，對他很不客氣。項海嵐一直想親近他，拚命接近他，可是梁師兄始終拒人於千里之外，我覺得項海嵐有些無辜。」

「妳覺得Leo那樣對他有錯嗎？」

傅雪盈愣住，然後沉默了。

項海嵐無辜，梁宇翔比他更無辜又堪憐。

本來不知道他們的糾葛，但現在既然知道，她就無法要求梁宇翔包容項海嵐。

「沒有誰比較無辜就應該得到更多的偏袒，也沒有誰比較可憐就應該得到更多的偏護。就像項海嵐，他不需要人偏袒；就像Leo，他不需要人偏護。他們會以自己的方式自我修復，自我調節，不需要外力介入。」谷千帆淡然說道。

「對不起，我想錯了。」傅雪盈坦然道。

低。」

「妳沒錯。」谷千帆看了她一眼，「跟Leo那個死樣子相比，任何人都會袒護項海嵐。如果妳不為項海嵐說話，我才會懷疑妳的智商和情商是不是跟Leo一樣低。」

「……」為什麼她現在會覺得梁宇翔比項海嵐更無辜？

「其實妳不必為他們擔心，他們的關係並沒有妳想像中的差。妳是不是經常看到項海嵐去糾纏Leo，然後被Leo罵回去？」

「對。」都吵到快打起來了，還能不差嗎？

「那就對了，他們的感情比妳想的好太多了。」

「……」又來了，神邏輯！

「別一副不相信的樣子，那是妳不了解Leo。」谷千帆信誓旦旦地說道：「妳以為Leo會讓他真正討厭的人老是在他面前晃嗎？妳太天真了。如果Leo真的對某個人深惡痛絕，那妳很快就會看到那個人消失在地球表面。」

「……」她竟然被醫生的神邏輯說服了！

「所以啊，Leo是很喜歡這個弟弟的，否則不會容忍他沒事就往他面前湊，說不定他還是個變態弟控呢！」谷千帆又開始不靠譜地胡吹亂謅了。

「谷千帆，你到底在跟她胡說八道些什麼？」梁宇翔咬牙切齒的聲音陡然在門口響起，「我是帶她來醫腳的，不是來聽你散布你那些歪理邪說的。」

梁宇翔真的動怒時，就會連名帶姓地喊他，谷千帆卻是完全不當一回事，還轉頭對傅雪盈說道：「妳看，他被說中心事，惱羞成怒了。」

傅雪盈心裡默念：你還真是七月半的鴨子——不知死活啊！

梁宇翔雙手抱胸，倚著門框，冷冷地瞪著谷千帆。

谷千帆看都不看他，逕自把傅雪盈腳上的冰敷袋移開，稍微清理，就取出彈性繃帶幫她包紮腳踝。冰敷過後，傅雪盈感覺疼痛減緩了些，但還是會痛。

「好了。」包紮好之後，谷千帆順勢在上面輕輕拍了一下，聽到傅雪盈痛叫一聲，才連忙說道：「哎呀，抱歉，一時忘記妳受傷了！」

傅雪盈哭喪著臉，你真的有醫生執照嗎？

「谷千帆！」梁宇翔再次連名帶姓地咬牙道。

「不過就是不小心拍了你的小女朋友一下，幹麼那麼小氣？」谷千帆嘀咕：

「又不是聖女貞德，摸都不讓人摸，我可是醫生呢！」

梁宇翔用帶著殺氣的目光剜了谷千帆好幾眼。

傅雪盈則是哭笑不得。

「真是太不尊重醫生的專業了！」谷千帆又叨念了一句，然後拎起收拾好的醫療箱站了起來，囑咐梁宇翔道：「回去以後，讓你的小女朋友好好休養，盡量不要下地。你們兩個想做愛做的事，等一個月後再說，不然萬一做得太激烈，韌帶斷裂，你的小女朋友就要一輩子長短腳了。」

聽到「做愛做的事」時，傅雪盈的小臉漲紅。

「你真囉嗦！」梁宇翔皺眉。

「囉嗦也比嘴賤好。」

「誰嘴賤了？」

「我有說你嗎？」

「哼！」梁宇翔高貴冷豔地哼了一聲。

「哼！」谷千帆清新脫俗地哼了一聲。

傅雪盈看得無言，這兩人都一樣傲嬌，一樣幼稚！

谷千帆越過梁宇翔，昂著頭往門外走，走了兩步又轉回頭對傅雪盈說道：「Leo的小女朋友，記住我剛才的話，項海嵐比較適合妳，快把Leo甩了吧，他太小心眼了。」

「滾！」梁宇翔怒道。

「唉，又惱羞成怒了！」谷千帆揮揮手，拎著醫療箱瀟灑地走了。

待谷千帆的背影消失在走廊盡頭，梁宇翔才走到床邊，面無表情地問道：「那傢伙剛才跟妳說了什麼？」

「呃……」傅雪盈猶豫地道：「也沒說什麼，就是聊了一下人生的意義，又探索了一下宇宙的奧祕，最後發現那些全都是看不見摸不著的空氣。」

「把那傢伙說的話全部忘掉。那傢伙的醫術還可以，就是腦子有點問題，說話經常顛三倒四的。妳聽聽就算了，不用放在心上。」

「……」說話顛三倒四什麼的，關於這點，她還真的無法反駁，只是不知道他們兩人到底是誰刨了誰家的祖墳，這簡直是要互相抹黑到天荒地老的不死不休啊！

「妳的腳現在還很痛嗎？」

「冰敷過後好多了。」

「嗯，那我們去散散步。」

「……」這是要逼死誰？

梁宇翔當然不可能殘忍地讓傅雪盈下地，他像來時一樣攔腰把她抱起，以公主抱的姿勢帶她往別墅後面走，一邊走一邊說道：「這一帶的光害少，天空的星星可以看得很清楚。」

傅雪盈愣了愣。男生和女生一起看星星，這應該是男女朋友才會做的事吧？

別墅後方相當空曠，遠處則環繞著幽暗的樹林。

四周黑漆漆的，幾乎看不見任何景物，梁宇翔卻抱著她穩穩當當地往前走。走了一會兒，來到一處遍布青草的平緩土丘，他將她放在柔軟的草地上，然後在她身邊坐下。

此時此刻，滿天星辰熠熠生輝，彷彿是各色晶瑩剔透的鑽石懸綴在神祕的黑幕上，煥發著明滅不定的耀眼光澤。此情此景，讓閒坐在夜色下的人兒目眩神迷。

傅雪盈讚嘆地看得目不轉睛，還忍不住朝著天空做了個抓取的動作，似乎這樣就能摘取明明很遠，卻像是唾手可得的星辰。

梁宇翔側頭瞥了她一眼，嘴角微微揚起，接著往後仰倒，一手枕在後腦杓，悠然自適地望著遙遠的星空深處，不知在想些什麼。

周圍很安靜，隱約的青草芳香在涼風在浮動。

好一會兒，傅雪盈自得其樂夠了，轉身才發現梁宇翔躺在身邊，便歪頭看向他，猶豫著要怎麼打開話匣子。這樣的情境下，她有些心虛，因為她才剛發現自己喜歡上他了，再不能像之前面對他的時候那樣自然。

「盈盈。」梁宇翔忽然坐起身，低低喚了聲。

傅雪盈愣了愣，只有她的家人會這麼親暱地喊她小名。

梁宇翔似是沒察覺她的異樣，逕自說道：「盈盈，別再管項海嵐的事了，他不值得妳費太多心思。」頓了頓，語氣了幾分，又道：「他不值得，那個女人也不值得。」

傅雪盈沉默，經過谷醫生神邏輯的「洗禮」和「開導」，她對於讓這兩兄弟談和的心思淡了許多，縱使她依然覺得項海嵐無辜，但她的心已經完全偏向了梁宇翔。

梁宇翔沒錯，項海嵐沒錯，錯的是上一代的恩怨讓人無奈。

況且，她確實認同谷醫生的想法，也許梁宇翔並不是那麼討厭這個異父弟弟。

像是知道她在想什麼，梁宇翔以一種緬憶的口吻說道：「小時候，我很羨慕別人家有爸爸有媽媽，我卻只有一個長年在外工作，整年見不到幾次面的爸爸。我爸從不說我媽的事，一提起來就發脾氣。」說到這裡，忽然停了下來，表情恍惚，像是想到了什麼。

傅雪盈安靜地聆聽，沒有急著插嘴。

那是他的過去，他的傷痕，她不想勉強他撕開早已凝結的瘡痂。

片刻過後，梁宇翔似嘲似諷地繼續道：「我跟我爸關係不好，從前我希望他能抱抱我，沒有媽媽，至少我還有爸爸。可是，無論是我考試第一名，或是我蹺課打架被抓到，他都沒在意過。漸漸地，我對他不再抱任何希望，就像他對我也沒有任何期待一樣。」

「在我升上國中那年，我爸要去美國工作，我沒跟過去，因為那時候我打聽到我媽的消息，我想著，我留下的話，也許有機會能跟她見一面，也許能問她為什麼要拋棄我。」

聽著聽著，傅雪盈的眼睛微熱，她忍不住往梁宇翔的身邊挪了挪。

「後來，我打聽到她的住處，就偷偷跑去找她。我在她家附近守了一整天，從凌晨等到深夜，都沒等到人。我不死心，又守了幾天，好不容易等到她從外面回來。」梁宇翔說著，又停了下來，一會兒才又道：「我在家裡看過她的照片，那是被我爸遺漏，來不及丟掉的，所以我知道是她，就算髮型、穿著都不一樣，但我就是知道。」

傅想盈緊緊攥著小拳頭，很想開口叫他別再說了。

「本來我打定主意，如果見到她，就要問她為什麼要拋棄我，可真正見到了，我卻只想喊她一聲『媽』。」梁宇翔自嘲地說道。

「我躲在巷子裡看了很久很久，直到她走進家門，也沒有過去找她。」梁宇翔慢慢地垂下眼簾，掩去眼中的冷漠，「因為我看到她抱著一個小孩子，跟另一個男人有說有笑地從車裡走出來。」

傅雪盈覺得自己的心臟像是被人用手捏住，讓她感到一陣陣的刺痛。她伸手想抱他，卻被他從身後攬住。他的頭抵著她的肩膀，然後閉上眼睛，淡淡地說道：「從那一刻開始，我告訴自己，我沒有爸爸，沒有媽媽，我只有自己。總有一天，我要讓拋棄我的人後悔，我要讓他們知道他們失去的是什麼。」

接下來，兩人只是彼此依偎著，誰都沒有再說話。

他聞得到她身體的馨香，她聽得見他的結實有力的心跳。

好一會兒，傅雪盈突然問道：「你喜歡演藝圈的工作嗎？」

「本來不喜歡，後來感覺有趣。」梁宇翔想了想，解釋道：「有些人可能會覺得這個圈子很亂，我卻覺得很有意思。只要有實力，想做什麼就做什麼，很少有人能阻擋我。」

「……」這麼霸氣的話，果然只有天王說得出來！

有人說，藝人頭頂的光環須用一輩子去成就，可是，梁宇翔只用了幾年就達到了別人可望而不可及的高度，簡直是……人比人，氣死人。

難怪他會覺得有意思，都這樣了還沒意思，那別人就不用活了！

「而且，妳不是說過，像我長得這麼帥，不當明星太暴殄天物了。」

「……」那是我不懂事時說的話，這種黑歷史就別提了！

「我記得妳還說過，我們在茫茫人海之中相遇，就表示我們有緣。這種緣分是很難能可貴的，應該要好好珍惜。」

為什麼要把我們第一次見面時我的胡言亂語記得這麼牢？

傅雪盈撇撇嘴說道：「我也說過你的臉很吃香，可以騙到很多無知的少女。」

梁宇翔笑了笑，戲謔地道：「那騙到妳了嗎？」

傅雪盈的臉微紅，以為自己被他看破心事，一會兒才反應過來，當下瞪眼道：

「別以為我聽不出來你在拐彎抹角罵我無知！」

梁宇翔大笑。演藝圈很有意思，小丫頭更有意思！

「盈盈。」梁宇翔收斂了笑意，忽然喚道。

「嗯？」

「也許有一天，我能心平氣和地與項海嵐坐下來聊天，但不是現在。」

「你討厭他嗎？」

「不喜歡。」

「哦。」

「妳介意？」

「還好。」

「妳不是喜歡他嗎？」

「……」

「Allen說他比我更適合妳。」

「明明都是天王了，還這麼小心眼。」

「誰說天王不能小心眼？」梁宇翔挑眉，「天王也是人。」

「自己說自己是天王好奇怪。」

「難道我不是？」

「……」果然就像谷醫生說的，現在的梁宇翔，就只是個自大的渾球罷了。

不久前，她還在為了拋下她的某人神傷，現在對方就在她身邊，跟她嘻笑鬥嘴，她突然覺得這樣的生活很甜很美好，彷彿在做夢似的。

「盈盈。」

「嗯？」

「妳是不是變胖了？抱起來軟軟的。」

「……」她還是繼續做夢好了……

「其實我喜歡胖的，胖的好抱。」梁宇翔後知後覺地補了一句。

「……」你可以別開口嗎？讓我靜靜地幻想！

「盈盈，前陣子我去巴黎拍廣告的時候想了很多，還常常想到妳。想到妳炸毛的樣子，想到妳跳腳的樣子，想到妳瞪眼嘟嘴的樣子，想到妳明明心裡不情願還要假笑的樣子。」

「……」快點把那些亂七八糟的妄想從你腦子裡刪掉！

「然後，我覺得妳挺有意思的。」

「……」還好，還好不是覺得我有病！

「盈盈。」

「嗯？」

「我們在一起吧。」

傅雪盈的呼吸猛地滯了滯。在一起？什麼意思？她還沒告白呢！

「谷醫生說，項海嵐個性比你好，長得比你好看，錢比你多，比你年輕，鋼琴彈得也比你好，如果我有眼睛有腦子，就應該選擇他。」

「谷、千、帆！」梁宇翔磨牙。

「他還說，你是老牛吃嫩草，痴漢吃蘿莉。」

「還有嗎？」他決定等一下回去就把谷千帆帶去廁所聊人生。

「當然有，他說你陰暗、彆扭、自大、孩子氣，又不聽人家說話。」

「……」

「師兄。」

「嗯？」

「Leo。」

「嗯？」

「梁宇翔。」

「嗯？」

「我好像喜歡上你了。」

「……傅雪盈。」

「嗯？」

「雪盈。」

「嗯？」

「盈盈。」

「嗯？」

「把『好像』那兩個字拿掉。」

「哦。」傅雪盈頓了一下，說道：「我喜歡上你了。」

Epilogue
你若安好，便是晴天

傅雪盈拄著谷千帆給她的手杖，悄悄一瘸一拐地走進家門時，客廳的燈光忽然亮了起來，只見一個五官英挺，長得頗英俊的高大年輕男子正倚在電源開關邊，似笑非笑地斜睨偷偷摸摸進門的她。

「我以為我的寶貝妹妹忘了家門開在哪個方向，正在想是不是要去報警，把我們家那隻在外面玩得樂不思蜀的貓兒抓回來呢！」

「哥……」

傅雪盈像是偷腥被抓現形的小媳婦似的，小腦袋瓜兒垂得極低，幾乎快要埋到胸口。她和梁宇翔談心賞星兼談情說愛太投入，竟然忘了哥哥大人在家裡等她。她跟著梁宇翔到戶外時，忘記把手機帶在身上，等她回到別墅裡才發現手機沒電了。

當時她可以想像哥哥是如何的著急，看到哥哥的臉，她愧疚得抬不起頭來。

傅雪彥正想繼續念叨，忽然瞥見傅雪盈左腳踝包著繃帶，左手還拄著手杖，不由得臉色大變，驚惶地道：「妳的腳怎麼了？」

「哥，你別急，我沒事。我就是練舞的時候不小心分神，結果扭到了腳。」傅雪盈連忙解釋道：「我已經看過醫生了，醫生說沒大礙，只要好好休養一個禮拜就好了。」

「都包成這樣了還說沒大礙？那是哪來的庸醫？」傅雪彥瞪著傅雪盈，大步走過去將她攔腰抱了起來，「接下來幾天都不准妳再下地，有什麼事就讓哥哥來。」

傅雪盈猶如鵪鶉般唯唯諾諾地窩在傅雪彥懷裡，任他把自己抱到房間的床上放下。這種時候她很識相，不敢再去觸哥哥逆鱗。

哥哥平時總是遊刃有餘的模樣，可是一遇到她的事，他就會情緒失控。

谷醫生說梁宇翔是弟控，她不好意思讓他知道，其實她家裡有一個妹控。

傅雪彥總認為傅雪盈單純沒心機，不懂得人心險惡，在外面很容易被騙，所以看她看得很緊。他以為寶貝妹妹會一直順著他為她安排的路走，可是這一切在寶貝妹妹莫名其妙進入演藝圈之後就失常了。

明明以前是個乖巧聽話的好孩子，為什麼一夕之間變了樣呢？

他覺得一定是那個色情偶像的錯，一定是他用什麼花言巧語蠱惑了他的寶貝妹妹。沒見過世面的她，對於五光十色的事物沒有抵抗力，所以就學壞了，竟然敢半夜還在外面流連，他得想辦法阻斷這兩人的聯繫。

把寶貝妹妹安頓好，傅雪彥回到自己的房間，躺在床上輾轉反側。

就在這時，他的手機鈴聲忽然響起。

傅雪彥瞥了一眼來電顯示，見是不認識的號碼，便任由它響著，沒立刻接起。

對方似乎也很有耐心，繼續等著。

接著鈴聲停了，可是不到幾秒又重新響起，還是那個不認識的號碼。

傅雪彥慢條斯理地伸手拿起手機，打開背蓋，滑了一下螢幕，「喂？」

「我是梁宇翔。」手機那頭傳來富磁性的好聽嗓音，只是開頭第一句話就聽得出對方的銳氣及唯我獨尊的霸氣，彷彿所有人都應該知道他似的。

傅雪彥瞇起眼睛，冷冷地說道：「不認識。」

「不認識沒關係，你妹認識就好了。」梁宇翔的聲音平穩，沒被挑起火氣。

「是嗎？」傅雪彥冷笑，「你打錯電話了！」

「沒打錯，我要找的人就是你。」

傅雪彥沒問梁宇翔為什麼知道他的手機號碼，他有稍微查過這個色情偶像的背景，自然知道他有些來頭，要查到他的手機號碼不難。

當然，他不認為妹妹會把他的手機號碼給色情偶像。

他的手機號碼也確實不是傅雪盈給的，傅雪盈甚至不曉得梁宇翔會打電話給她哥哥。在她的想法裡，她和梁宇翔的事最好先壓一陣子，等兩人的感情比較穩定了，她再找適合的時機慢慢告訴哥哥。

沒想到，梁宇翔會在剛確定彼此心意的時候，就主動跟大舅子槓上。

「我跟你沒事好說。」傅雪彥毫不客氣地說道。

「可是我有事要跟你說。」梁宇翔臉不紅氣不喘地說道：「以後我會跟盈盈常來常往，請你這個大舅子多多指教了。當然，如果你能高抬貴手更好。」

「呸！誰是你大舅子？你少往自己臉上貼金！」傅雪彥怒道：「我不會把妹妹交給你的，你死了這條心吧！」原來，色情偶像是來正式向他宣戰的！

這個混帳色情偶像，「盈盈」是他能叫的嗎？

「呵呵。」梁宇翔笑了兩聲，掛斷電話。

呵呵個屁！

傅雪彥恨恨地把手機摔回桌上。

結果，第二天一早，傅雪盈不明就裡地看到哥哥滿臉陰沉地盯著她看。

她縮了縮脖子，不知道自己是哪裡得罪他了，難道哥哥要開始重新清算昨晚她深夜不歸的舊帳嗎？她想問，又不敢問，怕一開口就引火燒身。

她不知道的是，這把火早在昨晚就燒開來了。

傅雪盈的手機被傅雪彥以她要靜養為由沒收了，她說要打電話給經紀人請幾天假，其實是想偷偷撥給梁宇翔，可是哥哥始終不離她身邊，一雙眼睛還像毒蛇般盯著她轉，就算暫時把手機還給她，她也找不到機會跟梁宇翔聯絡。

她隱隱約約感覺到哥哥應該是在防梁宇翔，但不明白哥哥怎麼會突然嚴防死守起來。她怕哥哥問她是不是在跟梁宇翔交往……交往？想到這個詞，她就忍不住害羞地在床上翻滾，卻被傅雪彥喝得打住，以免腳傷惡化。

事實上，她那小女兒般的羞怯嬌態已經洩露她的心思，傅雪彥不快地再次確認，她的寶貝妹妹真的動了春心，而且對象十之八九是那個色情偶像。

他才出國一個多月，寶貝妹妹就被人拐跑，他的心情非常不爽快。

如果他能早點回台灣，也許就不會發生這樣的事。

傅雪彥決定等他那幾個兄弟回來，立刻去多踹他們幾腳。

跟他同樣心塞的還有另一個人。

慕恩掛斷傅雪盈中規中矩的告假電話，面無表情地對正蹺著二郎腿，坐在他辦公室裡悠哉翻雜誌的梁宇翔說道：「這樣有意思嗎？」

「什麼？」

「主動去挑釁傅雪彥，你是腦子有問題嗎？」慕恩冷淡地道：「還有，你是不是忘了敝公司的合約上有一條禁止談戀愛的規定？」

「你假裝不知道就好了。」梁宇翔聳聳肩。

「你把別人當傻子嗎？」

「你現在才知道？」梁宇翔故作驚訝。

慕恩很想把手上的文件甩到梁宇翔臉上，最後他壓下心裡竄上來的火苗，以談判般的語氣說道：「如果被董事會發現，被影迷歌迷發現，後果你自己承擔，我不會幫你收拾爛攤子的。」頓了頓，又道：「萬一被狗仔拍到，你就等死吧。」

「我知道你想簽傅雪彥，所以氣我跟他攤牌。」梁宇翔直言道：「其實你自己也知道，不管我有沒有去找他，都不影響他的意願。若是他想進演藝圈，不會等到現在還沒動靜。」

慕恩瞄了他一眼，沒有吭聲。

「不過，我倒覺得你應該要感謝我。」梁宇翔話鋒一轉，笑咪咪地說道：「本來他也許沒有意願，可是眼下就不一定了。為了保護他的寶貝妹妹不被我搶走，他很有可能答應你開出的條件。你說，你是不是應該感謝我？」

「傅雪彥說的對，你真會往自己臉上貼金。」慕恩拐彎抹角承認他的話。

慕恩已經關注傅雪彥很久了，但因傅雪彥護得太過，從不在公開場合提及私事，所以他忽略了傅雪盈的存在。直到後來傅雪盈陰錯陽差和Leo遇上，他讓人查探傅雪盈的來歷，這才知道她居然是傅雪彥的妹妹。

於是，他留下了傅雪盈，等著和傅雪彥搭關係。

卻沒想到Leo竟會看上傅雪盈。

他和Allen的想法一樣，以為身世複雜的Leo喜歡的應該是成熟、知性的女人，也以為他會討厭傅雪盈這種單純到近乎白紙的女孩，更別說傅雪盈還比他小那麼多歲，根本就是未成年。

慕恩推了推眼鏡，報復似的說了一句：「老牛吃嫩草！」

梁宇翔的臉皮僵了僵，接著開始磨牙。

他明明才二十五歲，去他的老牛！

慕恩繼續補槍：「你最好祈禱不會被人控告誘拐未成年少女。」

「媽的，你還是不是我的經紀人？」

「咦？我以為你不知道呢！」

總而言之，自以為掩飾得很好，還在煩惱要如何保護戀情的傅雪盈，不曉得身邊親近的人全都已經知道她和梁天王的韻事，仍然遮遮掩掩的，看得傅雪彥心中五味雜陳。

等到傅雪盈腳傷痊癒後，他跟著她去了一趟星銳娛樂。

聽說梁宇翔有工作，不會進公司，他就放心地把妹妹支開，說是要跟她的經紀人慕恩談談。至於談什麼，就只有他們兩個人知道了。

傅雪盈不清楚慕恩的心思，不知道他對自己的哥哥有意，逕自跑去練習室做些簡單的伸展運動。她的腿才剛好，不能做劇烈的跑跳動作。

暖身不到幾分鐘，忽然有人從背後抱住她，嚇了她一大跳。

她剛想掙扎，卻聽後面傳來熟悉的聲音：「盈盈。」

傅雪盈由驚轉喜，轉頭一看，高興地叫道：「梁宇翔！」

「這麼開心？」梁宇翔笑道，把她摟得更緊。

「嗯。」傅雪盈用力點頭，「慕先生說你有工作，暫時有一段時間不在。」

「他不這麼說，妳哥就不會帶妳來公司了。」

「慕先生騙我哥？」傅雪盈睜大眼睛。

「也不算，我的確有工作，只是離得不太遠，當天來回沒問題。」

傅雪盈轉身抱住他，埋在他胸前，委屈地說道：「哥哥把我的手機沒收了，我去哪兒他就跟到哪兒，我沒辦法打電話給你。」

「嗯，我知道。」梁宇翔輕輕拍了拍她的背，安撫地應道。

「我也擔心慕先生知道我們的事，一直忍著不敢問他你的事。」

「不用擔心，他已經知道了。」

傅雪盈呆住，抬起頭瞪大眼睛看著梁宇翔，愣愣地問道：「你說什麼？」

「我說，不用擔心，他已經知道我和妳的事了。」梁宇翔的聲音含著笑意，「他很清楚我跟妳在交往，以後妳可以放心問他關於我的任何事。」

「可是……可是，合約……」

「妳知道公司為什麼要設下禁止旗下藝人談戀愛的規定嗎？」

「會影響工作，還會讓粉絲流失。」

「對，但這也等於是告訴他們，想愛，就要賭上他們的偶像生涯去愛。」梁宇翔溫聲說道：「半吊子的戀愛會讓人分心，讓人無法兼顧工作，也無法兼顧戀人。搖擺不定，舉棋不定，最後只會兩邊都做不好，兩邊都得不到。」

傅雪盈愣愣地聽著。

「敢以偶像生涯為賭注的人，才能抱著破釜沉舟的心態，全力以赴把工作做好，全心投入把戀情顧好。」梁宇翔說到這裡，抬起傅雪盈的下巴，在她的額頭上印下輕柔的一吻，然後問道：「盈盈，妳明白我的意思嗎？」

傅雪盈宛如沉溺在梁宇翔那雙蘊滿濃情蜜意的眼眸之中無法自拔，腦子一時無法運轉，只能呆呆地反問：「什麼意思？」

「意思就是說，妳要有心理準備，既然我賭上了我的演藝生涯來愛妳，這輩子就絕對不可能再放開妳。無論妳喜不喜歡我，無論妳愛不愛我。」

這話就像魔咒似的，緊緊纏住了傅雪盈。

這個男人還是那麼霸道，那麼任性，一點也不管別人的心情，可是，不知道為什麼，聽到他的宣告，她卻莫名的心甘情願。

傅雪盈踮起腳尖，雙手環上他的脖子，把他的頭拉下，主動吻上他的唇。

此時此刻，她的腦海裡浮現了從前看到過的一句話。

你若安好，便是晴天；你若幸福，便是終點。

她的前路還很漫長，她不知道未來的兩人會怎麼樣，可是只要他不放開她的手，那麼，他的安好便是她的晴天，他的幸福便是她的終點。

（全文完）

附　錄

夢幻雙人繪師組合AixKira的獨家專訪

夢幻雙人繪師組合AixKira的獨家專訪

（以下Ai以A代替，Kira以K代替）

Q1：星座？
A：牡羊座。
K：牡羊座。

Q2：性別？
A：女。
K：女。

Q3：興趣？
A：吃喝玩樂。
K：旅行、看腐書、吃好吃的。

Q4：性格？

A：有點像牡羊座，也有點不像（笑）。

K：開朗，除了沒耐性外，沒哪點像牡羊座。

Q5：喜歡的顏色？繪圖時喜歡的顏色？不喜歡或很少用的顏色？

A：喜歡藍系色。繪圖時沒一定的，看氣氛需要。

K：最喜歡藍色！至於少用的顏色，應該是黃色吧。

Q6：繪圖時有什麼習慣？

A：有零食相伴。

K：喝罐裝咖啡，要有咖啡才能集中。

Q7：繪圖的過程中覺得哪個步驟最順手？哪個步驟最苦手？

A：沒一定，要看狀態。我比較沒耐性，長時間的步驟最苦手。

K：其實我最不喜歡想構圖，我愛隨意畫，比較順手是上色。

Q8：開始畫畫的動機或原因？

A：小時候畫畫就是娛樂。

K：小時候已經開始亂畫，沒什麼特別原因，純粹因為喜歡。

Q9：還記得第一次是畫什麼圖嗎？

A：太久了，記不起來。

K：這個真的不太記得了，小孩子畫的應該是謎樣的抽象畫吧。

Q10：喜歡的漫畫家或插畫家是？

A：下同（笑）。

K：椎名優、あづみ冬留。

Q11：喜歡閱讀的小說類型？喜歡畫圖的小說類型？

A：奇幻、靈異、BL。

K：愛看靈異BL小說，但畫卻喜歡陽光一點的，較愛畫奇幻類型。

Q12：喜歡畫的物件（或人物）？不喜歡畫的物件（或人物）？

A：其實我喜歡畫女生，但最近發現畫男生比較上手，最不想畫的是娘味的妖人。

K：我喜歡畫帥氣的男生，不喜歡畫娘味的。

Q13：想畫什麼類型的題材卻還沒畫過？

A：哎呀，這個沒有想過（笑）。

K：跟Ai一樣。

Q14：絕對不畫的題材（或物件、人物）？

A：有內臟的畫面……

K：大概是血腥暴力的題材。

Q15：覺得什麼類型或題材的插圖最難畫？

A：下同（笑）。

K：機甲類，太苦手了（跪）。

Q16：在什麼樣的情況下會覺得有成就感？

A：進度達成！

K：準時交稿！（抱歉我的要求很低）

Q17：最滿意自己畫的圖是？（或是覺得自己擅長畫的類型是？）

A：擅長奇幻風。

K：比較擅長應該是奇幻風。

Q18：是否有想挑戰的畫風？

A：簡單，簡單，再簡單的畫風。

K：厚圖風格。

Q19：是否想過當全職繪師？

A：這個真的會餓死……

K：應該不考慮了，各種原因。

Q20：覺得同人圖和商業圖的差異是？

A：下同（笑）。

K：商業圖，尤其封面有既定模式，同人圖當然是自由度大。

Q21：覺得與出版社合作的困難之處是？

A：下同（笑）。

K：只要大家彼此尊重、溝通，其實也沒有太困難的地方。對我們來說只有假日才能作畫，時間比較緊張，時間配合方面比較困難。

Q22：兩人合作繪圖的優缺點？

A：互補不足。

K：合作的好處是互補不足吧。缺點？完全沒。

Q23：兩人開始合作的契機是？

A：白狼之刃。

K：是由同人社團開始，然後一起合作創作《白狼之刃》，一直合作到現在。

Q24：兩人合作多久了？

A：一定超過十年了。

K：算算指頭，原來已經超過十年了。

Q25：兩人在繪圖中各自負責的部分？

A：現在負責設定、草圖和上線。

K：以前會負責畫男生和上色，近年因工作關係，我通常只負責上色。

Q26：遇到兩人意見相左時如何解決？

A：沒有，基本上相談後便可以解決。

K：基本上我沒什麼意見（炸），其實我們很少有大分歧。

Q27：覺得對方的優點是？

A：我愛妳。

K：可靠的姊姊，不計較，可以督促我（掩臉）。

Q28：喜歡畫的男生和女性類型？

A：我好像擅長畫溫柔系的。

K：男生愛腹黑帥氣系的，眼鏡男也不錯（紅臉）。女生喜歡柔美系，偏好捲髮。

Q29：最怕出版社提出什麼樣的繪圖要求？

A：下同（笑）。

K：一堆差不多等同改變畫風的要求，例如改變頭身比例，不逐一舉例了。

Q30：是否有遇到瓶頸？

A：經常。

K：經常。

Q31：畫到倦怠時如何抒壓？

A：就是不畫。

K：放下筆看看漫畫，或出門走走。

Q32：平時會玩遊戲嗎？喜歡玩什麼類型的遊戲？

A：最近是白貓和Ensemble Stars。

K：現在迷上白貓Project。

Q33：除了畫小說封面和插圖，還希望能嘗試什麼樣的跨界合作？（如遊戲）。

A：遊戲已進行中，短篇漫畫也不錯（笑）。

K：遊戲，其實已進行中。

Q34：想對對方說的話？

A：（抱著哭）。

K：辛苦妳了，請注意身體！

Q35：想對出版社的編輯說的話？

A：天使，辛苦你們了！往後也請多多指教。

K：編輯的工作不容易，辛苦你們了！往後也請多多指教。

Q36：想對讀者說的話？

A：我愛你們！

K：非常感謝一直留意和支持我們的讀者，我們產量不多，互動也少（羞愧），我們會努力畫下去，希望能畫出你們喜歡的圖。

後記　新的挑戰，新的不安

如果問我每部小說最喜歡寫的是哪個篇章，那麼非「後記」莫屬。寫到後記，就表示故事真正完結了（笑）。

在開始作者的碎碎念之前，首先，按照慣例，先謝謝掏腰包買了這本書的諸位小夥伴們。無論你（妳）們看完這個故事之後是否喜歡，願意掏錢就是對作者最大的支持。

《偏偏動心》是改編自「喚夢遊戲公司」製作的手遊《最強偶像計畫—銀色戀曲》的小說，是我的新挑戰。雖說是改編，但其實故事幾乎都是原創，劇情僅是沿用了遊戲的角色設定和背景設定。

感謝出版社編輯的居中牽線，我才有這個機會進行這樣的新嘗試。

最初，編編在提這個企畫時，寄了二位大神繪師AixKira的人設線稿給我看，問我有沒有興趣寫他們的故事。結果我被線稿驚豔到，什麼細節都沒問就一口答應。

接下來，當然是悲劇了（笑）。

以為有劇本在手，就可以天下橫著走，殊不知報應來得那麼快。

原本我抱著取巧的心理，以為只要按照劇本的骨架和對話去添上血肉就好，以為是名符其實的「改編」，可是當我把劇本研究了一遍又一遍之後，我發現自己想得實在是太天真了。

劇本是為遊戲而寫的，很多情境、對話和事件都必須兼顧遊戲性及預設的遊玩時間長短，以致於角色飽滿度、劇情張力和層次等等，並不能很深刻地體現出來。

遊戲和小說不同，手機遊戲訴求的是簡單易上手，輕鬆好閱讀，所以劇本各章是由各個輕薄短小的事件集合而成，無法直接改編成小說。

剛開始我以男主角梁宇翔的劇本為藍本，試著編寫了好幾個貼近劇本的開章，可是怎麼看怎麼不順眼，怎麼看怎麼不滿意，寫寫刪刪，至少打掉了十個以上的版本（苦笑）。

整整兩個月，我完全沒有進度。

我不知道編編急不急，但是我急壞了。

長達兩個月的撞牆期，讓我心情很低落，也寫不出半個字來。

當時有很深很深的無力感，一有空就對著劇本發呆，甚至好幾次想跟編編說，我的能力有限，我放棄了，妳找別人吧。可是打好的話始終發不出去，因為我不甘心。

錯過這次機會，我就永遠也跨不過這道坎了，於是我決定重新來過。

我不再盯著劇本看，而是默默把劇本的主線回想幾遍，默默去感受劇本想要傳達的東西，默默歸納主角的主軸性格。

編編轉寄來的角色資料很短，跟大家看到遊戲公司公告的一樣。

可是，小說當然不能照本宣科。

比如男主角的設定寫著「對人有點冷淡」，故事裡當然不可能是男主角從頭到尾都對人冷淡，我必須把「冷淡」這個特質立體化，去揣想他為什麼冷淡，女主角該怎麼與他互動，才能幫他的冷淡加溫。

這是愛情小說，不甜怎麼成？

總之，接下來我拋開劇本的架構，回到撰寫小說的初衷，先是評估一集的長度能容納多少劇情，再抽絲剝繭思考起承轉合。

遊戲的男角有五位，小說只有一集，所以我鎖定劇情需要的男女主角梁宇翔和傅雪盈、經紀人慕恩，再加上與男主角有「關係」的另一位主要男角項海嵐，開始構思他們的故事。

與遊戲不同的是，為了強化男女主角的感情互動，我把故事的重心擺在女主角與男主角如何相遇、如何相戀，以及兩人彼此傾心後的心境變化，也就是劇本沒提到的內容。

遊戲重視娛樂性，所以劇情一開始就直接進入核心，著重在女主角在演藝圈遇到的各種大小事件，沒有篇幅像小說那樣細膩地去描寫心情的轉換，不然可能會嚇跑一堆玩家（笑）。

也因為側重點不同，所以遊戲是遊戲，小說是小說，諸位小夥伴們不用擔心花兩份錢卻看到同樣的東西。

當然，也許有小夥伴會覺得既然是改編，就應該忠於「原著」。對於小說改編成電影或電視劇，我自己也會是這樣的想法，所以一開始我才會那麼糾結，希望能夠忠實呈現遊戲的內容，只是後來發現兩者的本質真的相距甚遠，也本著既然拿了稿費，就不能偷懶的心態，重新構思了新劇情。

不過，雖然是新劇情，但仍是沿用遊戲中的設定，也盡量讓角色「本色」演出。遊戲中說某個角色冷淡，那麼那個角色在小說中就是冷淡，希望能讓小夥伴不會覺得像是不同的兩個人。

坦白說，接下這個案子之後，壓力大過於喜悅。一邊寫還一邊胡思亂想，想著可能會被玩家罵這什麼玩意兒。我自己平時也在玩遊戲，所以很能體會這種心情（笑）。

好了，不說沉重的話題了（其實只有我自己在沉重吧？），來聊聊輕鬆點的事。

非常感謝AixKira二位繪師百忙中抽空畫了這麼美的封面圖，當初收到編編寄來的信時，差點滿地打滾（咦），實在是太美太美了，然後圖就被我立刻設成電腦螢幕的桌布，每天膜拜了。

真心覺得封面圖比小說內容好看千百倍，真是讓人覺得有種淡淡的哀傷啊！

然後也要謝謝喚夢遊戲做了這麼棒的遊戲，否則我就不會有機會遇到這樣的挑戰。在喚夢遊戲的粉絲團上看到全體製作人員還在夜以繼日趕工拚春節前上線，只能默默幫忙集氣，甘巴爹，真的真的很期待！

最後，要再次感謝購買本書的小夥伴們。

即使看完之後你（妳）們不喜歡這個故事，我還是由衷地感謝大家給我這個機會。相逢即是有緣，希望我的下一個故事能獲得你（妳）們的青睞。

期待所有的小夥伴們到我的粉絲頁分享你（妳）們的心得，若是有任何批評指教，也非常歡迎。

那麼，咱們下一個故事再見囉！

雲端的FB粉絲專頁：https://www.facebook.com/cloudtale

雲端　2016/01/29

綺思館
晴空強檔新書
戀愛吧！一切的不可理喻都好可愛
頂尖告白
雲端／著
子蟲／繪
甜蜜又逗趣的娛樂圈耽美小說
他努力學習各種技能，希望有一天能用自己的實力對男神宣戰，
結果卻被魅力凌駕潛規則的男神踩臉踩得七葷八素，
更驚悚的是，男神竟然在螢光幕前對他告白……
隨書附贈：拉頁海報、兩張精美書籤
晴空與POPO原創網合辦「決戰星勢力」徵文比賽延伸作品！
晴空
更多精彩書介與活動請上
「晴空萬里」部落格：http://sky.ryefield.com.tw

漾小說
晴空強檔新書
享受吧！一個人的妄想
傾城毒姬
1
秦簡／著
畫措／繪

綺思館032

偏偏動心

國家圖書館出版品預行編目資料

偏偏動心/ 雲端著. -- 臺北市：晴空出版：家庭傳媒城邦分公司發行,
2016.02
　冊；　公分. --（綺思館032）
ISBN 978-986-92580-6-7（平裝）

857.7　　　104027468

作　　者　雲　端
繪　　者　AixKira
責任編輯　施雅棠
國際版權　吳玲緯
行　　銷　艾青荷　蘇莞婷
業　　務　李再星　陳玫潾　陳美燕　杻幸君
副總編輯　林秀梅
副總經理　陳瀅如
編輯總監　劉麗真
總 經 理　陳逸瑛
發 行 人　涂玉雲
出　　版　晴空
　　　　　城邦文化事業股份有限公司
　　　　　104台北市中山區民生東路二段141號5樓
　　　　　電話：（886）2-2500-7696　傳真：（886）2-2500-1966
發　　行　英屬蓋曼群島商家庭傳媒股份有限公司城邦分公司
　　　　　104台北市中山區民生東路二段141號2樓
　　　　　書虫客服服務專線：(886)2-2500-7718；2500-7719
　　　　　24小時傳真服務：(886)2-2500-1990；2500-1991
　　　　　服務時間：週一至週五09:30-12:00；13:30-17:00
　　　　　郵撥帳號：19863813　戶名：書虫股份有限公司
　　　　　讀者服務信箱E-mail：service@readingclub.com.tw
晴空部落格　http://sky.ryefield.com.tw
香港發行所　城邦（香港）出版集團有限公司
　　　　　香港灣仔駱克道193號東超商業中心1樓
　　　　　電話：852-2508-6231　傳真：852-2578-9337
　　　　　E-mail：hkcite@biznetvigator.com
馬新發行所　城邦（馬新）出版集團【Cite(M)Sdn. Bhd.(45832U)】
　　　　　411, Jalan 30D/146, Desa Tasik,Sungai Besi, 57000 Kuala Lumpur, Malaysia.
　　　　　電話：(603) 9057-8822 傳真：(603) 9057-6622
　　　　　Email：cite@cite.com.my
美術設計　洸譜創意設計股份有限公司
印　　刷　沐春行銷創意有限公司
初版一刷　2016年 02月01日
定　　價　250元
I S B N　978-986-92580-6-7